KB157236

왜 그 이야기는 음악이 되었을까

초판 1쇄 발행 2013년 1월 31일
초판 5쇄 발행 2018년 2월 5일

지은이 이민희
펴낸이 이지은
펴낸곳 팜파스
기획·편집 박선희
일러스트 박예림
디자인 최설란
마케팅 정우룡
인쇄 (주)미광원색사

출판등록 2002년 12월 30일 제10-2536호
주소 서울시 마포구 어울마당로5길 18 팜파스빌딩 2층
대표전화 02-335-3681   **팩스** 02-335-3743
홈페이지 www.pampasbook.com | blog.naver.com/pampasbook
이메일 pampas@pampasbook.com

값 13,000원
ISBN 978-89-98537-00-5 (03800)

아름다운 멜로디 뒤에 가리어진
반전 스토리

왜 그 이야기는
음악이 되었을까

이민희 지음

팜파스

작가의 말

어릴 적 라디오를 들을 때마다 솔깃했던 코너가 있다. 뮤지션이나 평론가 같은 음악 전문가들이 출연해 새로운 음악을 추천하는 코너였다. 기억을 더듬자면 1990년대 중반 공일오비 정석원이 지금 미국에서 유행하는 사운드라며 나인 인치 네일스를 소개한 적이 있다. 어느 PC 통신 음악 동호회 운영자가 주목할 만한 뮤지션이라면서 픽시스를 권했던 적도 있다. 그밖에도 많다. 그들의 추천목록은 지금까지 열심히 들을 만큼 사랑하는 음악이라고 말할 수는 없지만, 그들이 선곡한 노래와 노래에 깃든 이야기에 밤을 잊고 집중했던 기억만큼은 선명하다. 그렇게 접한 정보는 점점 가지를 치기 시작했고, 무리해서 CD를 사고 잡지를 사는 게 일과가 되었다.

10여 년이 흐른 지금은 전처럼 진지하게 음악을 일깨우는 라디오 채널을 찾기 힘들다. 많은 음반가게가 문을 닫았다. 음악잡지는 지금도 발행되지만 어느 잡지건 오래 가는 법이 없다. 유튜브와 스트리밍서비스, 구글과 네이버의 검색엔진이 모든 것을 대체했기 때문이다. 매체의 변화를 당연하게 받아들이고 편리하게 이용하지만, 그렇다고 해서 낭만이 아예 사라졌다고는 생각하지 않는다. PC 스피커를 통해도 결국 우수한 음악은 충만한 감동을 준다. 아티스트 혹은 노래와 연결된 재미있는 에피소드 또한 마찬가지다. 전파와 종이가 해주던 일을 웹페이지가 대신해도 흥미롭거나 가슴 찡한 이야기들은 여전히 우리를 사로잡는다.

운 좋게도 나는 감동의 음악과 감동의 이야기들을 소개할 수 있는 직군에 있다. 그토록 음악을 좋아했으면서도 과연 나한테 창작의 재능이 있나 확인해볼 시도조차 하지 않은 건, 그냥 들은 다음 쓰는 것으로 음악을 나누는 일에 충분히 만족했기 때문인지도 모르겠다. 물론 수월한 일은 아니다. 매번 만족스런 음악을 듣고 고스란히 표현할 말을 찾지 못해 긴 고민의 시간을 보낸다. 아직도 들어야 할 음악은 많고 알아야 할 정보도 많다. 왜 어떤 노래에 세상이 열광하는지 이유를 찾지 못해 답답할 때도 많다. 때때로 언어의 한계도 느낀다. 모국어만 가지고 세상의 음악을 헤아릴 수는 없다. 하지만 모두가 즐거운 통증을 안겨주는 고민들이다. 결국 내가 좋아하고 우리가 좋아하는 음악의 의미를 찾는 과정이라 생각하기 때문이다.

책에서 소개하는 스물네 곡의 이야기는 지난 1년간 누린 즐거운 고민의 기록이다. 외울 만큼 좋아하는 노래 앞에서는 감정을 조절하지 못했고, 막막한 노래 앞에서는 이런저런 책과 인터넷을 뒤적이며 기원을 찾다가 발견의 기쁨을 얻기도 했다. 방향을 찾지 못해 방황하던 노래들도 있었지만 일본어 번역기를 돌려보고 중국인 친구에게 자문을 구하는 것으로 마침표를 찍을 수 있었다. 비슷하게 일하는 동료들이 가끔 말을 보탰고 출판사의 편집자도 게으른 나를 도왔다. 이렇듯 주변의 따뜻한 힌트가 없었다면 불가능했을 작업이다. 모두에게 고맙다.

그리고 가족을 생각한다. 내가 무슨 일을 하는지 여전히 잘 이해하지 못하지만, 그래도 언제나 모자란 자식에게 신뢰를 잃지 않으신 부모님에게 감사를 전한다. 일하면서 얻는 작은 기쁨과 숱한 좌절 앞에서 격려와 위로를 아끼지 않는 동반자 이범학에게도 고맙다. 마지막으로 그리 길지 않은 나의 세월과 초라한 이력이 고맙다. 지난 몇 년간 좋아하는 음악을 쓰고 말해온 덕분에 나는 부족하게나마 책 한 권을 낼 수 있었다.

이민희

contents

작가의 말

1장. 음악, 벽을 넘어 세상
그리고 자신과 화해하다
― 화해를 꿈꾸는 노래 ―

2장 음악, 가장 정의롭고
가장 자유로운 저항
- 저항과 정의를 외치는 노래 -

3장 음악, 아름다운 선율 뒤에 가리어진 섬뜩한 진실

- 죽음에서 태어난 노래 -

4장 음악, 사랑을 유혹하는 멜로디

— 사랑을 외치는 노래 —

음악, 벽을 넘어
세상 그리고
자신과 화해하다

−화해를 꿈꾸는 노래−

reconciliatio

1944년 여름, 물랑루즈의 어느 클럽에서
그녀는 그의 노래를 처음 들었다.
옷은 서커스 단원 같았고,
무대 매너는 꼭 감정 없는 인형 같았다.
그토록 미흡하고 어설픈 그에게서
그녀는 놀라운 가능성을 보았다.
한때 길에서 노래하던 자신의 모습과 다르지 않았으니까.

"당신의 노래는 형편없어.
　　하지만 당신이 날 믿기만 한다면
위대한 가수가 될 수도 있어."

철없는 남자는 날카로운 평가에 돌아서지만
그의 등을 바라보며 여자는 확신한다.
언젠가는 내 품에 안길 남자라고,
자신과 함께 상송의 위대한 역사를 쓰게 될 것이라고.

그는 이브 몽땅이다.
그리고 그녀는 에디뜨 삐아프다.

인생은 잿빛,
노래는
장밋빛

에디뜨 피아프 'La Vie en rose' (1947)

희망을 노래하는 작은 참새

스무 살 무렵 에디뜨 조반나 가씨옹의 키는 142cm, 체중은 33kg
였다. 처음 그녀의 노래를 발견한 클럽 르 제르니의 대표 루이 르
플레는 그녀의 보잘것없는 체구를 두고 '참새'라는 별명을 지어
준다. 아기 참새, 마른 참새, 작은 참새 등 관중이 붙인 귀여운 별
명이 계속해서 쏟아졌다. 곧 참새를 뜻하는 불어 '피아프'가 그녀
의 이름이 된다. 그리고 그녀는 평생 에디뜨 피아프(1915−1963)
라 불린다.

노래가 시작되면 참새는 새장을 박차고 나왔다. 지겨운 가난,
실패한 연애, 성공했어도 채워지지 않는 마음의 갈증을 모두 잊을

Edith Giovanna Gassion

수 있었다. 그렇게 에디뜨 피아프는 누구보다도 고된 인생을 살았지만, 무대에 서는 순간 누구보다도 낙관적인 이야기들을 들려주는 가수로 돌변했다. 'Non, je ne regrette rien(후회하지 않아)' 'La Vie en rose(장미빛 인생)' 'Hymne a l'amour(사랑의 찬가)' 등 그녀의 대표곡은 선명한 희망을 노래한다.

프랑스의 음악, 파리의 음악을 이야기할 때 그녀의 이름은 어김 없이 거론된다. 심지어 발라드의 원형이 에디뜨 피아프에서 시작됐다고도 말한다. 느린 선율을 타고 진심을 전달하는 것이 발라드의 전형이라면, 에디뜨 피아프는 1930년대부터 그렇게 노래한 가수다. 누군가는 그녀의 음악에서 흑인 음악과 비슷한 구석을 찾기도 한다. 흑인들이 피폐한 삶을 담아 중얼거리던 거리의 노래를 힙합의 원형이라 본다면, 에디뜨 피아프 또한 거리 음악의 선구자이기 때문이다.

1915년 그녀는 파리의 어느 빈민촌에서 태어났다. 그러나 생후 두 달 만에 어머니에게서 버림을 받는다. 아버지는 유랑하면서 살아야 하는 서커스 단원이었다. 그녀는 돌봐줄 이가 없어 결국 여기저기를 떠돌다가, 사창가에 자리를 잡은 친할머니 손에서 자라게 된다. 성매매 여성들을 어머니 삼아 성장했는데, 한때 백내장으로 실명 위기에 처했을 만큼 척박한 환경이었다. 다행히도 일곱 살에 시력을 회복하고, 유랑생활을 접고 거리의 광대로 나선 아버지를 따라 구걸을 한다.

아버지와 함께 거리생활을 하는 동안, 그녀는 뭐라도 해야 한다는 생각에 노래를 불렀다. 그런데 아이답지 않게 구성진 노래가 터져 나왔고, 어느 순간부터 고정팬이 생겨났다. 탁 트인 목소리, 자연스럽게 터져 나오는 빼어난 노래에 행인들은 발길을 멈추었다. 그리고 푼돈이나마 지갑을 열었다. 에디뜨는 십대 시절 그렇게 거리에서 자리를 잡는다. 하지만 노래로만 먹고 살 수 있는 건 아니었다. 목 터져라 노래해도 한 푼도 벌지 못한 날도 있었다. 신고를 받고 찾아온 경찰 때문에 영업하지 못하는 날도 있었다. 그럴 때면 밥을 먹기 위해 사창가를 찾았다. 그녀가 열여덟 살 때 가진 아이가 죽어 묻을 돈이 없을 때도 사창가를 찾았다. 비참한 삶을 달래주는 친구는 오직 노래였다. 혹은 노래로 얻은 돈으로 생긴 술이었다. 거리를 전전하던 시절부터 그녀는 이미 알코올에 젖어 있었다.

경찰 단속을 피해 떠돌던 그녀에게 루이 르플레란 인물이 다가온다. 르플레는 에디뜨의 인생을 바꾼 인물이다. 샹젤리제 클럽 제르니의 대표였던 그는 그녀의 노래에 매료된 후 오디션을 제안하고 그녀를 무대에 세운다. 에디뜨의 작은 체구를 빗대 그녀에게 피아프라는 별명도 지어준다. 그리고 노래의 격에 맞게 그녀에게 검정색 드레스를 입히고, 음악계 인사들을 소개하면서 에디뜨 피아프의 활로를 열어주기도 했다.

그러나 에디뜨 피아프의 인생은 언제나 꼬이기만 했다. 거리의 가수에서 클럽의 가수로 삶이 변화하는 순간, 갑자기 르플레가 암살된다. 인생의 은인과 작별했지만 에디뜨 피아프는 애도할 여유도 없었다. 그의 최측근이라는 이유로 살해용의자로 지목됐기 때문이다. 클럽의 청중을 사로잡으며 차곡차곡 이력을 쌓던 예비 스타가 한순간 범죄자로 전락한 것이다. 다행히 그녀의 명예회복을 위해 클럽의 관계자들이 움직였다. 진범이 밝혀지고 그녀는 차가운 감옥을 벗어났다. 어느새 에디뜨 피아프는 르플레가 돕지 않아도 기반을 되찾을 만큼 신뢰를 얻고 있었다.

에디뜨 피아프에겐 감옥행만큼 극단적인 일이 또 있었다. 무슨 기구한 운명인지 교통사고만 네 차례나 겪었다. 절망과 죽음의 문턱을 두루 겪고서 그녀의 노래는 진정한 깊이를 얻었다. 모든 것이 그녀의 삶을 방해했지만 노래는 거꾸로 더 강한 긍정을 향하고 있었다. 파리는 물랑루즈 같은 화려한 쇼가 쏟아지는 쾌락의 도시였지만, 삶을 반영하는 진정한 예술의 전시장이기도 했다. 그리고 그 가운데에는 인생의 모든 극단을 뚫고 나와 숨 가쁘게 희망을 노래하는 에디뜨 피아프가 있었다.

에디뜨 피아프는 화려한 연애사로도 유명하다. 공식적으로 세 번 결혼했지만, 스쳐간 남자들도 꽤 많다. 그녀의 한마디로 풍요로운 사랑의 기록이 요약된다. "나는 연애를 많이 했지만 단 한 사람만 사랑했다. 마르셀 세르당만 사랑했다."

마르셀은 미들급 세계 챔피언 권투선수다. 그는 1949년 10월 27일 뉴욕에서 공연 중인 그녀를 만나러 파리로 오는 길에 비행기 사고로 눈을 감았다. 행여나 그가 링 위에서 죽을까 두려워 그녀는 그의 경기도 못 봤다고 한다. 마르셀 또한 그녀가 노래하는 모습을 두려워했다. 출판계는 오늘날까지도 그들의 이야기를 전하고 있다. 2005년 프랑스에서는 발렌타인데이를 앞두고 《마르셀 세르당과 에디뜨 피아프의 편지》라는 책이 출간되어 초콜릿 매출과 경쟁한 바 있다.

그녀의 여러 연인 가운데에는 훗날 유명한 가수로 거듭나는 이브 몽땅도 있다. 여섯 살 연상의 에디뜨 피아프는 물랑루즈에서 서툴게 노래하는 그를 보았다. 이브 몽땅은 정돈되지 않은 모습이었지만 그녀는 그에게서 가능성을 본다. 거리에서 노래하다가 마침내 정식 무대에 섰을 때 실수를 연발하던 자신의 모습이 거기 있었다. 이브 몽땅의 첫 무대를 관전한 에디뜨 피아프는 그의 가능성과 한계를 말해준다. 하지만 이브 몽땅은 혹평만 기억해서 자존심을 상해한다. 하지만 갈등은 짧았다. 둘은 곧 격렬한 사랑에 빠진다.

이브 몽땅이 스타의 반열에 오르자 에디뜨는 확신했다. 그는 자신이 만들었으며, 그의 성공 또한 자신 없이는 불가능했을 일이다. 그녀는 이브 몽땅을 사랑하는 한편 그를 조종할 수 있다고 생각했다. 하지만 이브 몽땅은 이미 거물 가수가 되어 있었다. 그는 에디뜨 피아프 못지않게 화려한 사교활동을 즐기며 여러 여성들과 어울렸다. 커플의 관계는 그전 같지 않았다. 둘은 매섭게 다투고, 가끔은 폭력까지 이어졌다. 간혹 에디뜨 피아프는 멍든 얼굴로 무대에 서는 일도 있었다.

어쨌든 둘은 그렇게 다투면서도 다시 웃으며 거리를 활보하는 괴짜 커플이었다. 맹렬하게 사랑하고 미워하던 둘의 관계에서 아름다운 노래가 만들어진다. 그 유명한 히트곡 'La Vie en rose'는 그 시절에 나온 노래다. 행복의 순간에 흥얼거리던 멜로디 위에 가사를 얹었다. 에디뜨 피아프의 노래에는 그림자가 없다. 지치고 아프고 힘들어도 그걸 잊기 위해 노래한다고 말하는 것처럼.

가까이 안아주세요. 그리고 빨리 안아주세요.
당신을 사로잡은 마법의 주문. 이건 장미빛 인생이예요.
— 에디뜨 피아프 'La Vie en rose' 중에서.

숱한 청중들도 그녀를 사랑했다. 레이몽 아소, 장 콕토, 모리스 슈바리에 등 시를 쓰고 선율을 만드는 여러 예술가 또한 항상 에 디뜨 피아프의 곁에 있었다. 심지어 장 콕토는 그녀가 죽자 더는 살아가는 의미가 없다고 생각해 스스로 목숨을 끊었다.

그녀는 명성과 인기 덕분에 누구보다도 풍요로운 선택권을 가 지고 사랑했다. 하지만 언제나 불안하고 위태롭게 연애했다. 그 녀는 열정적으로 노래했지만 습관과 부담을 이기지 못하고 약과 술에 의존했다. 화려한 무대 위에서 살아왔지만 내면은 늘 병들어 가고 있었다. 사실상 잿빛에 가까웠던 인생이었던 것이다. 하지 만 그녀가 부른 노래들은 비현실적으로 반짝였다.

그녀는 죽을 때까지 환희의 노래를 놓지 않았다. 그녀가 술과 약으로 만신창이가 된 말년에 의사는 "지금 노래하는 것은 자살 이다"라고 경고했다. 하지만 에디뜨 피아프는 "노래하지 못하면 나는 죽는다"고 대답했다. 생의 마지막 무대에서 그녀는 노래하 다가 쓰러졌다. 누군가 무대 밖으로 그녀를 끌어내려 하자 그녀는 피아노를 끌어안고 숨을 몰아쉬며 말했다. "노래는 마쳐야 해." 그러나 안타깝게도 노래를 마칠 수 없었다. 그녀는 1963년 10월 11일 병원에서 눈을 감았다.

1969년 미국 록 페스티벌 우드스탁.
수많은 젊은이들이 모여들었고
인산인해 속 사고를 우려한 경찰도 출동했다.
그들은 복장을 갖추고, 오토바이를 대동하고,
당연히 총도 소지하고 있었다.

축제는 모든 이들을 관대하게 만든다.
경찰들의 총구를 향해 관중은 꽃을 꽂았다.
이안 감독의 영화 〈테이킹 우드스탁〉에도
비슷한 장면이 나온다.
어느 경찰은 헬멧에 꽃을 꽂았다.

모두가 그렇게 축제에 동참했고
이것은 다른 말로 '플라워 무브먼트' 라 불렸다.

그곳에서는 머리에 꽃을 꽂으세요

스콧 맥켄지
'San Francisco - Be Sure to Wear Flowers in Your Hair' (1967)

꽃은 희망이다, 꽃은 화해다

1960~70년대 미국 히피들의 사진을 볼 때면 여지없이 머리에 꽃이 있다. 지금도 별반 다르지 않다. 현장에 있는 청중을 모두 히피라 할 수는 없지만, 각종 세계 록 페스티벌에서 가장 많이 만나는 패션 아이템은 가슴팍에, 혹은 머리에 곱게 꽂은 꽃이다. 히피사회에서 꽃은 비둘기와 같은 의미다. 평화와 반전, 비폭력과 자연, 그리고 히피들의 해맑은 신념을 상징한다. 더 나아가 히피는 다른 말로 '꽃의 아이들'이라고 불린다. 축제를 비롯한 그들의 움직임은 '플라워 무브먼트'라고 불린다.

미국 사회에서 히피와 꽃의 의미가 부각된 시절은 1960년대 후

Scott Mckenzie

반이다. 전쟁의 총탄에 숱한 베트남의 인민이 쓰러졌다. 말콤 엑스도 죽었고 마틴 루터 킹도 죽었다. 로스앤젤레스에서는 흑인 폭동이 일어났다. 알 수 없는 소수가 강력한 힘을 휘두를수록 더 많은 평범한 이들이 무기력한 절망으로 신음하고 있었다. 이에 대한 반발작용으로 이색 집단이 탄생한다. 이들은 체제와 권위를 온화한 방식으로 부정한다. 그들이 히피다. 미국 사회가 어수선해졌던 시기에 전면적으로 등장했던 무리들로, 이른바 '베이비 붐 세대', 즉 2차 대전 이후 태어난 전후 세대들이다.

그들은 철학적인 질문을 던지며 그 수를 늘여갔다. 왜 세상은 힘을 가지고 싸워야 할까. 물질적인 풍요가 과연 인생의 행복일까. 인간은 반드시 규칙대로 살아야만 하는가. 질문을 거듭하면서 그들은 기존 사회제도를 포함해 기성세대의 권위에 부드럽게 저항했다. 폭력적이고 소모적인 전쟁과 차별에도 반대했다. 한편 육체적인 노동 이상으로 인간의 정신을 채우는 예술에 열광했다. 불교와 같은 동양사상을 지지했고, 미국 사회가 금지하는 각종 약물을 즐겼다. 그들은 돈이 없어도 된다고 했다. 출신과 인종도 상관없으며, 오직 사랑과 평화를 지지하는 사람이면 환영한다고 했다. 베트남전의 진정한 승리자는 베트남이 아니라 단합으로 포격을 멈추게 한 미국의 젊은이들이라는 평가가 있을 정도다.

히피의 기원은 1966년 샌프란시스코의 헤이트 애시버리를 함께 찾은 약 10만 명의 젊은이들로 본다. 샌프란시스코 어느 단과대학 학생들의 제안으로 사랑과 평화의 뜻을 나눈 이들이 최소한의 의식주만으로 살아가는 공동생활을 시작한 것이다. 값싼 아파트에 남녀노소 불문하고 함께 밥 먹고 사랑하고 예술을 논하고 약물을 나누며 잠을 잤다. 제퍼슨 에어플레인, 그레이트풀 데드 같은 당대 뮤지션도 공동체의 이웃이 되었다. 극단 예술인 조합 '디거스'라는 단체는 그동안 사둔 주식을 팔아 히피들의 생활을 책임졌다. 무상으로 음식과 약물과 용돈을 주었고, 이따금 대규모 공연을 기획했다.

그들의 첫 작품은 1967년 샌프란시스코의 골든게이트 공원에서 열린 '사랑의 여름(Summer of Love)'이다. 노래와 전시 그 밖의 각종 이벤트가 펼쳐지는 대형 축제였다. 뮤지션 그레이트풀 데드의 밥 위어는 축제 현장을 이렇게 소개했다.

"헤이트 애시버리는 젊은이들의 게토다. 모두가 원하는 대로 산다. 여기에는 LSD와 같은 약물도 있다. 하지만 헤이트 애시버리는 약물이 전부가 아니다. 탐험이 있고, 새로운 표현을 발견하는 곳이며, 자신의 존재를 자각하는 곳이다. 그건 이전에는 없었던 일이다."

축제는 곧 분화된다. 음악 부문을 확대해 '몬트레이 팝 페스티벌(Monterey Pop Festival)'이 기획된다. 역사상 가장 유명한 록 페스티벌 '우드스탁'의 전신이다. 1967년 6월 16일 열려 3일간 진행된 축제에는 지미 헨드릭스와 더 후 등 슈퍼급 뮤지션들이 무대에 섰다. 첫날 3천 명, 마지막 날에는 6천 명이 찾아왔다. 그리고 페스티벌의 이상을 대변하는 새로운 노래가 흘러나왔다. 노래는 머리에 꽃을 꽂고, 폭력으로 얼룩진 세상과 화해하자고 말하고 있었다.

> 샌프란시스코에 가게 되면 머리에 꽃을 꽂으세요.
> 여름철 그곳에는 히피들의 모임(love-in)이 있어요.
> 새로운 생각을 가진 새로운 세대가 있어요.
> 사람들은 활기가 넘쳐나요.
> ― 스콧 멕켄지 'San Francisco
> (Be Sure to Wear Flowers in Your Hair)' 중에서.

과거의 영광은 저물고, 사라지는 히피들

마마스 앤 파파스의 존 필립스가 작곡하고 스콧 멕켄지가 부른 'San Francisco'는 몬트레이 팝 페스티벌에서만 통한 노래가 아니다. 곧 사방팔방으로 뻗어나갔다. 각종 록 페스티벌에서 불려지면서 빌보드 4위에 진입하고, 싱글은 총 7백만여 장이 팔렸다.

미국뿐 아니라 유럽 사회가 사랑하는 노래로 승승장구하며, 역사의 한 페이지와 만난다. 1968년 '프라하의 봄'도 이 곡을 원하고 있었다. 체코슬로바키아에서 일어난 민주자유화 운동을 소련의 군사 탱크가 진압했을 때, 동유럽의 청년들은 자유의 송가로 'San Francisco'를 목청 높여 불렀다.

'San Francisco'는 한때 미국을 휩쓴 히피의 대안문화를 상징했다. 더 나아가 온 세계의 전쟁을 비폭력적인 방식으로 반대하고 평화를 일깨우는 화해의 노래가 되었다. 하지만 눈부신 순간은 그리 길지 못했다. 노래를 부른 스콧 맥켄지는 'San Francisco'를 뛰어넘는 곡을 남기지 못했다. 사실상 '원 히트 원더'로 통하는 곡이다. 이 말은 뮤지션이 남긴 단 한 곡의 대표곡을 뜻한다.

사실 냉정하게 말해 노래만 원 히트 원더였던 것이 아니다. 노래가 담은 이상적인 히피 문화도 서서히 사라지고 있었다. 한때 히피의 친구인 약물은 심리학 교수이자 하버드대학 교수 티모시 리어리가 공개적으로 효과를 지지하면서 미국 사회에 새 바람을 불러일으키기도 했다. 티모시 리어리는 약물의 하나인 LSD가 자아의 수준을 높이고 개인의 잠재의식을 넓힌다고 주장했다. 하지만 그의 주장은 쾌락 위주의 삶을 우려하는 숱한 보수단체들의 격렬한 반대에 부딪혔다. 또한 가출 청소년들이 지식인의 권위에 이끌려 헤이트 애시버리의 공동숙소를 찾아가는 일도 사회적 문제가 되었다.

　한편 히피의 또 다른 친구가 있다. '사이키델릭'이라는 록 음악
이다. 맨 정신으로는 쓸 수 없는 기묘한 가사와 사정없이 흐느적
거리는 긴 연주가 흘러나온다. 그야말로 환각의 소리였다. 약물
을 하지 않은 사람들조차 그 효과를 대강 짐작할 법한, 아득하고
몽롱한 음악이었다. 제퍼슨 에어플레인은 'White Rabbit'으로 약
물의 환각 체험이 《이상한 나라의 앨리스》가 묘사하는 환상의 세
계와 같다고 노래했다. 하지만 히피의 시대가 만들어준 사이키델
릭은 히피 시절 이후로 사라져가는 트렌드가 됐다. 또 다른 사이
키델릭의 아이콘, 지미 헨드릭스와 도어즈의 짐 모리슨은 똑같이
스물일곱에 요절했다.

　미국 사회 전반을 흔들던 히피의 물결은 사실 그리 오래 가지
못했다. 기존의 체제에서 벗어나 함께 사는 소박한 삶에는 일단
경제적인 한계가 따랐다. 약물에 젖어 사는 무리들에 대한 사회적
인 압박도 있었다. 1960년대 후반 히피는 곧 집단생활을 접고 집
으로 돌아간다. 그리고 적당히 돈을 벌어 식견과 취향을 가지고
문화를 풍요롭게 소비하는 중산층으로 변했다. 그들은 '여피'라
불렸다.

　현재까지 히피는 '에스닉 룩'으로 통하는 패션과 희미하게나마
정신이 남았다. 미국 일각에서는 히피가 완전히 소멸했는지에 대

한 논쟁이 첨예하다. 히피들의 키부츠는 더는 없지만 대학가의 캠퍼스를 무대로 새로운 삶의 의미를 찾으려는 네오 히피들이 있기 때문이다. 집단성은 상실했지만 히피의 이상은 이제 막 치열한 사회로 나가려는 젊은이들에게 대안의 삶을 제시하는 철학으로 여전히 영향을 준다.

많이 상업화되긴 했지만 히피의 정신을 계승한 음악축제 또한 이어지고 있다. 해마다 여름과 가을이면 영미유럽은 물론 아시아까지 록 페스티벌이 개최되어 찾아오는 사람들로 장사진을 이룬다. 이제는 경찰 대신 사설 경비업체 직원들이 인명사고를 우려해 바쁘게 움직인다. 청중은 저마다 머리 혹은 가슴팍에 꽃을 꽂는다. 그리고 반전과 평화가 아닌 여가와 자유를 즐기고 있다.

reconciliatio

생에 감사해, 내게 너무 많은 걸 주었어.
별을 닮은 눈동자를 받았기에
흑백을 구분하고, 하늘의 별을 바라보면서
수많은 사람 가운데 내 사랑을 찾을 수 있다네.

… 생에 감사해, 내게 너무 많은 걸 주었어.
소리와 문자를 받았기에
어머니, 친구, 형제와 자매, 사랑하는 영혼, 길을 비추는 빛,
이런 말을 생각하고 표현할 수 있다네.

… 생에 감사해, 내게 너무 많은 걸 주었어.
웃음과 눈물을 받았기에
슬픔과 행복을 알았고
그 슬픔과 행복은 나와 당신의 노래를 만들었다네.
　　　　　　　　　　－ 메르세데스 소사 '생에 감사해' 중에서.

그녀의 노래는 어머니와 같아

메르세데스 소사 'Gracias a la Vida' (1971)

한없는 긍정과 낙관을 노래하다

메르세데스 소사(1935 – 2009)의 대표곡 'Gracias a la Vida(생에 감사해)'는 가사에서 밤하늘의 별, 사랑하는 가족 같은 우리 인생의 사소한 풍경들을 사랑스럽게 돌아본다. 그리고 삶을 인정하고 만사에 감사하라는 메시지를 전한다. 한 편의 시 같은 아름다운 노랫말은 간절한 음률을 만나 예나 지금이나 사람과 세상의 마음을 찡하게 한다.

노래를 만든 사람은 평생 칠레의 민속음악을 채집한 비올레타 파라다. 그녀는 수집한 방대한 사료를 현대음악과 엮는 작업에 매진해왔다. 특히 폴클로레가 주요 분야였는데, 이것은 남미의 포크

음악을 뜻한다. 즉 남미음악과 서양음악을 결합하는 작업을 한 것이다. 비올레타 파라는 일생을 바쳐 연구한 자료들과 생전에 쌓은 명성을 토대로 민속음악의 전당을 구축하려 한다. 하지만 일은 뜻대로 되지 못했고 파라는 좌절의 순간에 거짓말처럼 삶을 예찬하는 아름다운 노래를 남겼다. 그 기록이 1966년 녹음한 '생에 감사해'다. 이듬해 비올레타 파라는 권총으로 자신의 머리를 겨누고 세상과 작별한다.

만든 이는 끝내 세상을 부정했지만 노래는 계속해서 울려 퍼졌다. 노래에는 국경이 없었다. 이 곡은 라틴 아메리카 전반을 아우르는 대륙과 시대의 노래였다. 1973년 칠레의 군부가 쿠데타로 집권해 땅을 죽음으로 뒤덮고, 1977년 아르헨티나의 군부정권이 수많은 이들을 학살했을 때도 '생에 감사해'는 민중의 곁에 있었다. 떠나간 이들의 넋을 위로하는 노래, 살아남은 자들의 유대를 다지는 노래였다.

노래를 만든 파라만큼이나 중요한 인물이 있다. 노래에 숨을 불어넣은 아르헨티나의 국민가수 메르세데스 소사다. '생에 감사해' '모두 함께 부르는 노래' 등 그녀의 대표곡 대부분은 희망과 긍정을 노래한다. 소사는 언제든 어디든 찾아가 온기와 낙관의 노래로 세상을 위로한 가수였다.

암흑의 시기, 경제불안에서 정치불안으로

한때 아르헨티나는 세계 5위의 부국이었다. 머나먼 호주와도 국가 경쟁력을 겨룰 수 있는 나라였다. 1차 세계대전까지 국가경제 성장률 7%를 기록했고 1947년에는 모든 외채를 갚았다. 그 힘은 쇠고기 수출에서 나왔다. 19세기 본격적으로 냉동육이 수출되면서 영미유럽의 육류 수요는 대폭 증가했다. 자연스럽게 최강 쇠고기 수출국 아르헨티나는 번영을 이룰 수 있었다.

경제만 풍요로웠던 것이 아니다. 3선 대통령 페론 집권시절의 아르헨티나는 모범적 사민주의 정권이었다. 국가가 나서서 정책적으로 노동자를 대변했다. 언론의 자유도 보장되었다. 복지예산도 아끼지 않았다. 당시 병원 4천여 개, 학교 8천여 개가 설립됐다. 민중에게 천국 같은 나라였지만, 어느 순간 와르르 무너진다. 무리한 예산집행이 문제였다. 폭락한 국가경제 앞에서 페론은 포퓰리즘의 대표주자로 꼽히는 오명의 대통령이 된다. 노동자들의 전폭적인 지지를 얻어 인기 위주의 정책을 시행한 결과, 국고가 밑 빠진 독이 된 것이다.

페론 이후 집권한 군부는 아무런 해결책을 주지 못했다. 오히려 더 악화됐다. 1976년 아르헨티나에서는 국가 위기를 해결한다는 명분으로, 육군 사령관 출신의 호르헤 라파엘 비델라를 대통령으로 추대한 쿠데타가 일어났다. 집권한 이들은 군부 정권에 협력한

Mercedes Sosa

다국적 기업들을 여럿 불러들였다. 본격적인 신자유주의 정책의 시작이다. 아르헨티나와 오래 거래했지만 군부에 반대하던 기존의 해외기업들은 일순간 교역을 끊었다. 그 공백은 엄청난 수준의 외채로 충당되었다. 그 결과 서민들은 기록적인 인플레이션을 감당해야 했다.

더 멍든 곳은 정치였다. 의회는 해산됐고 사법부의 80%가 교체됐다. 헌법은 힘을 잃었다. 군부독재 기간 동안(1976–1983) 국가의 수장은 임시 대통령을 포함해 무려 여섯 명이다. 이 혼란스러운 시기는 '더러운 전쟁(Guerra Sucia)'이라 불린다. 아르헨티나뿐 아니라 남미 전역이 휘청거렸다. 좌익 척결에 엄청난 인적, 물적 자원이 투여되었다. 미국은 여기에 적극적으로 협력했다. 특히 1973년 칠레 군사 쿠데타 이후 남미 지역을 중심으로 마르크스주의 테러리스트들을 뿌리 뽑기 위해 숱한 암살과 납치 공작이 이어졌다. 이를 '콘도르 작전'이라 부른다. 당국은 사망자를 약 1만 명으로 추정하지만 유가족은 3만이라 주장한다.

광기에 가까운 군부독재는 종지부를 찍었다. 1983년 대선에서 민주화 운동가 출신의 라울 알폰신이 당선되면서 마침내 새로운 바람이 불기 시작했다. 하지만 여전히 아르헨티나의 경제상황은 오리무중이다. 이 지속적인 정체는 세계 경제학자들의 오랜 연구 대상이다.

하지만 모든 것이 무너진 것은 아니었다. 적법 절차에 따라 정권이 교체되면서 무언가 조금씩 회복되기 시작했다. 평범한 이웃이 이유를 모르고 잡혀가는 일은 더는 없었다. 과거의 위정자들은 부분적으로 재판을 받게 되었다. 정권의 폭력으로 고국을 떠났던 이들도 다시 돌아올 수 있었다. 이들 가운데 가장 대표적인 인물이 메르세데스 소사였다.

그녀는 노래로 아르헨티나 군부정권에 맞서다 추방되어 스페인에서 망명 생활을 보냈다. 하지만 그 이듬해 암흑의 시절은 끝났다. 예전처럼 소사는 '인류의 목소리'이자 '아메리카의 어머니'라는 명예로운 별칭으로 불리면서, 긍정의 노래로 수많은 소시민들을 품에 안을 수 있게 되었다.

메르세데스 소사는 1982년 2월 18일 부에노스아이레스 오페라 극장 무대에 섰다. 28일간 진행될 귀국 공연의 첫 무대였다. 무대의 바닥은 붉은색이었다. 모두가 꽃이었다. 그리고 곧 조명이 켜지자 사방팔방에서 꽃비가 쏟아졌다. 그녀를 애타게 기다린 청중들은 카네이션을 날리는 것으로 그녀의 복귀를 환영했다. 무수한 박수와 함께 노래가 시작됐다. 금방이라도 눈물이 쏟아질 것 같은 그녀의 저음이 극장 구석구석을 채웠다. 그날의 공연은 라이브 앨범으로 기록되어 〈Mercedes Sosa En Argentina〉(1982)로 출반됐다. 그 어떤 정규 앨범보다 오래 기억되는 작품이다.

훗날 메르세데스 소사는 인생을 통틀어 가장 의미 있는 공연을 두 개 꼽았다. 하나는 앨범으로 담긴 1982년의 복귀 공연, 그리고 1999년 3월 산타카탈리나 공연이다. 산타카탈리나는 지도에서도 찾기 어려운 산간벽지 마을이다. 공연 당일 400여 명의 주민은 1km 바깥에서부터 대기하고 있었다. 그녀가 보이자 주민들은 춤추고 노래하면서 소박한 환영식을 벌였다. 소사는 감격의 눈물로 그날의 공연을 시작했다.

노래란 세상의 눈물을 닦아주는 일

소사는 1935년 7월 9일 프랑스인과 케추아족 인디언 사이에서 태어났다. 그녀가 나고 자란 투쿠만은 안데스 산맥에 위치한 지역으로, 아르헨티나의 민속문화가 잘 남아있는 곳이다. 그녀는 십대 시절 지역방송국에서 열린 노래경연으로 데뷔했다. 이후 한 프로그램과 출연 계약을 맺지만, 담당 피디가 남미 포크음악을 비하하는 발언을 하는 바람에 그만두었다는 일화가 있다.

소사는 민요와 현대식 포크를 섞은 음악을 즐겼다. 직접 곡을 쓰지 못하기에 작곡가에게 받은 여러 노래를 세상과 나눴다. 그리고 1957년 음악가 마투스와 결혼한다. 당대 지식인, 예술가들과 적극적으로 교류한 마투스는 그녀의 세계관을 바꾼 인물이다. 그녀는 마투스를 통해 음악의 가치를 재발견했다. 소사에게 노래는 민중과 나누는 공동재산이자 세상을 바꿀 수 있는 거대한 예술로 발전했다. 그리고 자신이 노래하는 전통음악은 민중과 같이 지켜 나가야 할 유산이라고 믿었다.

연대의 필요성을 느낀 소사는 누에보 칸시오네로(Nuevo Cancionero) 선언에 동참한다. 이것은 1960년대부터 1970년대까지 라틴 아메리카 전반에 걸쳐 일어난 노래 운동이다. 예술가들이 나서서 남미의 전통을 지키는 동시에 독재정권과 친미정권에 반대했다. 칠레의 뮤지션과 쿠바의 음유시인들이 뜻을 나눴다. 아르헨티나의 예술가도 동참했다. 그들은 이렇게 주장했다. "머나먼 세월부터 전해져오는 남미의 전통가락은 죽은 문화가 아니다. 이것은 인간중심의 예술이자 후대를 통해 완성되는 예술이다."

활발한 운동의 물결 속에서 메르세데스 소사의 '생에 감사해'는 긍정의 메시지와 양심적인 인간을 대표하는 송가가 된다. 남미의 정치와 경제가 미궁에 빠질수록 소사는 더 목소리를 높였다.

소사는 1981년 라플라타에서 열린 공연에서 관객들과 함께 체포된다. 소사는 단순한 가수가 아니었기 때문이다. 그녀는 발언가이자 행동가였다. 어디서든 사람을 모을 수 있는 인물이었고 반정부 입장을 주입할 수 있는 위험인물이었다. 정부는 그녀를 추방했고, 소사는 스페인으로 망명을 떠난다.

소사는 스페인에서도 계속 노래했다. 소사는 남미뿐 아니라 세계가 원하는 특출한 가수였기 때문이다. 영미유럽의 음악시장이 월드뮤직으로 통하는 남미의 음악에 강렬한 관심을 품던 때였다. 이미 1968년 유럽 공연을 마친 소사의 노래는 새로운 대륙에서도 사랑받고 있었다.

그러나 그녀는 모든 안위를 포기하고 아르헨티나로 돌아왔다. 고향을 찾은 소사는 "예술가는 정치적으로 중립을 지켜야 하지만, 불의로 인한 고통을 외면하는 것은 스스로를 배반하는 부정직한 일"이라고 말했다. 그리고 덧붙였다. "세계 민중을 위해 노래하는 것이 내 책임이요, 나를 지지해주는 사람들에게 감사하며 나는 노래한다."

그녀의 노래는 참 간소하다. 기타 하나면 충분하다. 화려한 연주 없이도 상처받은 사람을 위로해주는 목소리, 아픔을 달래주는 목소리가 그녀 음악의 핵심이기 때문이다. 세상은 그녀의 낮고 굵은 목소리를 두고 흙냄새가 난다고 말했다. 사람들이 밟고 살아가는 땅 위에 항상 그녀가 있었다.

2009년 10월 4일 소사는 세상을 떠났다. 다음날 크리스티나 페르난데스 아르헨티나 대통령이 참석한 가운데 장례식이 거행됐다.

reconciliatio

황소같이 일하던 헨델은 1737년 4월 돌연 쓰러지고 말았다.
왕진의사는 뇌졸중 진단을 내린다.
간신히 의식을 회복했지만 오른쪽 몸을 쓸 수가 없었다.
마비된 오른쪽 손으로는 피아노도 칠 수 없고
훌륭한 음악을 듣고 마음이 움직여도 표현할 수 없었다.
회복할 수 있느냐는 물음에 냉소적인 대답이 돌아온다.

"의사는 기적 같은 것은 믿지 않는 사람이오."

그러나 4주 후 의사는 진정한 기적을 본다.
재활 중이던 헨델은 1주일이 지나 걷게 된다.
2주일이 지나 곧 팔을 움직인다.
의사조차 믿지 못했던 의지력으로

생존에 대한 강한 열망으로
　　　지옥을 뚫고 나온 그는
　　　　　전과 다른 사람이 되어 있었다.

진정 그분이 오셨습니다

헨델 〈Messiah〉(1741)

난 아무것도 할 수 없어

52세의 헨델(1685–1759)에게 어느 날 갑자기 중풍이 찾아온다. 그는 이미 건강을 장담할 나이가 아니었다. 그런데다 쓰러질 만큼 몸을 돌보지 않고 일했기 때문이다. 헨델만 그랬던 게 아니다. 궁정의 악장으로 끊임없는 행사를 감당하던 당대 음악가 대부분이 고된 노동에 시달렸다. 게다가 헨델은 그것 말고도 할 일이 많았다. 창작하는 음악가의 명성도 유지해야 했기 때문이다. 세상은 계속해서 새로운 음악을 원했다. 그러기 위해선 청중과 비평가를 놀라게 할 오페라를 만들어야 했다. 그러나 오페라의 반응이 저조하면 바로 빚이 생기고 만다. 언제든 정신과 육체가 파괴될 수 있는 위험한 상태였던 것이다.

그러나 헨델은 오로지 노력과 의지로 생의 감각을 회복한다. 그리고 그 어느 때보다 왕성하게 창작열을 쏟아낸다. 그는 깨어나자마자 미친 사람처럼 작업에 열중했다. 그렇게 〈사울〉 〈이집트의 이스라엘〉 〈알레그로와 펜시에로소〉 등의 오라토리오를 완성했다. 오라토리오는 성서를 배경으로 해 교회에서 연주되는 대규모 악극이다.

종교에 대한 이해는 모든 음악인들의 기본 소양이었다. 종교 기반의 오라토리오는 귀족의 반응을 더 많이 얻어낼 수 있는 분야였다. 하지만 헨델은 오라토리오를 만들면서도, 쉽고 이야기를 강조한 오페라로 일반 관객과 소통하려 했다. 여러 청중을 헤아리며 작품 활동을 하는 동안, 예술이 아닌 사업으로 음악을 한다는 이유로 탐욕적인 자본가라는 쓴 소리를 듣기도 했다. 하지만 아무도 그의 왕성한 활동을 막을 수 없었다. 그는 건강을 되찾은 후 오라토리오뿐만 아니라 1년 사이에 오페라 세 편을 썼다. 헨델은 귀족 없이도 자립할 수 있는 유능한 음악가였다.

하지만 그의 오페라는 성공을 거두지 못했다. 그가 겪은 처절한 생사의 고락을 이해하는 이들은 거의 없었다. 작품은 무겁고 심각했다. 게다가 겨울이면 사람들은 밖으로 나오지 않았다. 자연스럽게 극장도 문을 닫았다. 부채도 그대로였다. 헨델의 몸은 회복했지만 생활은 회복할 수 없는 지경이었다. 헨델은 극단적인 생각까지도 했다. 도도하게 흐르는 템즈강을 바라보면서 그는 명예롭게 죽는 방법, 즉 스스로 목숨을 끊는 걸 상상했다. 그는 독일 출신이지만 원활한 활동을 위해 국적을 영국으로 바꿨는데 한때 자신을 인정했던 영국마저 자신을 외면했기 때문이다.

그때 한 통의 편지가 헨델에게 온다. 〈사울〉의 대본을 쓴 시인 제닌스가 보낸 한 편의 시였다. 헨델은 편지를 뜯기도 전에 발신인을 확인하자마자 불같이 화를 냈다. 이미 자신은 경제적으로나 정신적으로나 파산한 거지에 불과한데, 그런 자신을 시인이 조롱했다고 본 것이다. 헨델은 제닌스가 시인이라면, 즉 예술의 길을 함께 걷는 동지라면 절망에 빠진 자신의 처지를 누구보다 이해해야 한다고 생각했다.

헨델은 한참을 분노했지만, 결국 시간이 약이 됐다. 마음을 다스린 후 그는 편지를 연다. 그리고 뒤늦게 시인의 의도를 이해하고서는 눈물을 흘린다. 병마와 씨름하다가 되찾은 삶, 다시 싸워서 얻어내야 할 삶이 제닌스의 시 안에 모두 담겨 있었기 때문이다. 제닌스의 시는 예수를 찾고 있었다. 헨델은 다시 오라토리오를 쓴다. 이번엔 귀족을 위한 작품이 아니라 자신의 삶을 그대로 담은 대작이었다.

MESSIAH

Oratorio

George friedric Handel

Georg Friedrich Händel

천사, 아니 악마를 보았다

제닌스의 시에서 영감을 얻어 완성한 작품이 헨델의 역작 〈메시아〉다. 헨델은 바흐와 함께 바로크음악을 대표하는 인물이고, 〈메시아〉는 그 시대의 상징적인 작품이다. 바로크음악은 웅대한 구성이 특징으로, 〈메시아〉는 적합한 소재였다. 메시아는 기름을 부은 자, 즉 신에게 선택받은 자를 뜻하다가 곧 구세주 예수로 의미가 굳어졌다. 헨델의 〈메시아〉는 3부 53곡으로 구성이 방대하며 예수의 탄생을 세상이 기뻐하고 축복하는 내용이다. 작품과 완전히 동화된 헨델은 곡을 쓰면서 늘 기도했다. "위대한 예수의 거룩한 뜻에, 그리스도인의 복종으로 나 자신을 바친다. 그것이 예수를 기쁘게 하리라."

〈메시아〉의 클라이맥스는 예수의 수난과 부활을 다루는 2부다. 거기서 그 유명한 합창곡 '할렐루야'가 터져 나온다. 할렐루야는 히브리어로 '예수를 찬미하라'는 뜻이다. 직업상 음악과 종교를 항상 다루던 헨델에게는 사실 새로울 것 없는 내용이었을 것이다. 하지만 삶과 죽음을 경험한 후 예수를 찬미하는 일은 그에게 진정 구원과 같았다. 작품에 몰입하는 동안 그는 돌연 회춘했다. 삶을 사랑하고 음악에 매진하던 정력적인 시기로 돌아갔다. 연주에만 총 두 시간 반이 걸리는 이 어마어마한 작품을 그는 3주 만에 썼다.

작품을 마친 헨델은 쓰러지고 만다. 왕진의사가 왔지만 다행스럽게 별 문제는 없었다. 3주 동안 미룬 잠을 하루에 몰아서 잤던 것이다. 3주 동안 잠을 아끼며 쓴 〈메시아〉의 악보는 무려 260장에 이른다. 과연 가능한 일인지를 묻는 동료들에게 헨델은 영적인 후일담을 털어놓았다.

"내 앞에 펼쳐진 천국, 그리고 그곳의 예수를 본 것 같았어."

깊은 잠에서, 그리고 3주간의 피로에서 해방된 헨델은 이야기를 계속해서 쏟아냈다. 정신을 잃어버린 사람처럼 보일 만큼 횡설수설에 가까웠다. 그의 입에서는 실성한 사람처럼 이해할 수 없는 과도한 표현이 나오기도 했다. 하인의 증언이 당시의 정황을 설명해준다. "그는 천사를 만난 것 같다고 했지만, 사람들은 그가 분명 악마를 만나고 온 것이라고 말했습니다."

작품이 완성되자 헨델은 런던을 벗어나기로 마음먹었다. 그에 대한 영국의 평판이 점점 나빠지고 있었기 때문이다. 헨델은 이 놀라운 작품의 첫 공연만큼은 자신을 제대로 인정해주는 곳에서 해야 한다고 생각했다. 그래서 일단 아일랜드의 더블린을 둘러보기 위해 여장을 꾸렸다.

헨델이 더블린에 왔다는 소식을 듣고 누군가가 찾아온다. 헨델의 가치와 세계관을 인정한 사람들이었다. 그들은 감옥에 있는 죄수들을 후원하는 기관, 메르시에 병원 환자들을 위한 단체 관계자들이었다. 그들은 공연을 주관하고 최초 수익금만 기부할 것을 제안했다. 그것만 동의한다면 어떤 것도 간섭하지 않겠다고 약속했다. 하지만 신과 교감한 헨델에게 수익 따위는 중요하지 않았다. 헨델은 초연의 수익금은 물론 연장공연의 수익까지 기부하겠다고 밝혔다. 자신 또한 죄인으로 살아왔으나 음악으로 구원받았다고 여겼기 때문이었다. 그의 〈메시아〉는 세상과 나누라는 의미로 신이 자신에게 부여한 작품이라 믿었다.

기립할 수밖에 없는 노래

예나 지금이나 헨델의 〈메시아〉는 봉사와 긴밀한 관계가 있다. 각종 자선행사의 개막이나 폐막 일정에 빠지지 않는 성스러운 작품이다. 제목부터 가사에 이르기까지 신을 찬양하지만, 철저히 극장 상연용으로 만들어진 작품이기에 종교와 분리해 평가될 만큼 독자적이고 광범위한 예술성을 갖는다. 〈메시아〉의 코러스 '할렐루야'가 가진 대중성과도 연관이 있다. 듣는 순간 바로 기억되는 이 살가운 멜로디는 당시에도 뜨거운 반응을 얻었다.

1741년 완성된 헨델의 〈메시아〉는 유럽 사회의 호평을 얻고 1743년 3월 런던으로 갔다. 한때 헨델을 외면했던 영국 땅으로 돌아간 것이다. 영국의 초연 무대를 기다리는 객석에는 황제인 조지 2세도 있었다. 그만큼 기대치가 높은 작품이었다. 모두가 숨죽이고 음악을 기다렸다. 조용하게 음악을 감상하는 것이 매너였고 더군다나 헨델의 음악은 신을 찬양하고 있었다. 신을 찬양한다는 것은 국가의 세계관을 대변한다는 의미다. 엄숙해야 마땅한 분위기였다.

그러나 어느 순간 한 관중은 참을 수 없었다. 체면을 잊고 벌떡 일어나 손바닥이 닳도록 박수를 보냈다. 가만히 앉아서 들을 수 없는 음악, 몸을 움직이게 만드는 음악이 터져 나왔기 때문이다. '할렐루야'가 흐르는 대목이었다. 일어선 사람은 국왕 조지 2세였다. 국왕이 일어서자 청중들도 일어서기 시작했다. 그리고 모두가 일어섰다.

사실 그보다 일찍 평범한 민중들도 이렇게 기립 박수를 보낸 적이 있었다. 1742년 4월 헨델의 〈메시아〉는 더블린의 어느 성당에서 울려 퍼졌다. 헨델의 명성을 듣고 성당을 찾은 관중은 700여 명. 음악이 숙연하게 흐르던 와중에 '할렐루야' 앞에서 모세의 기적과 같은 이변이 일어났다. 그 어떤 춤보다 적극적인 일렁임이었다. 몇 명이 일어서기 시작하자 모두가 일어선 것이다. 청중들은 이 감격의 노래에 동참하는 것이 신에게 더 가까이 다가가는 길이라고 믿었다.

전통은 지금까지도 이어진다. 조지 2세가 일어섰고 더블린의 시민들이 일어섰던 것처럼 지금도 청중들은 망설임 없이 일어선

다. 〈메시아〉가 흐르는 오늘날의 공연장에서도 '할렐루야'가 등
장하는 순간만큼은 모두 기립하는 것이 관례다. 예나 지금이나 흥
분하지 않고는 견딜 수 없는 음악이다.

reconciliatio.

밥 말리의 대표곡 'No Woman No Cry' 는
미국 속담 'No Pain, No Gain' 처럼 해석할 수 없다.
여자가 없으면 눈물도 없다는 뜻이 아니다.
단어를 좀 더 붙여 완전한 문장으로 만들어보자.
"(There is) no woman (who have) no cry."
풀어보면 "울지 않는 여자는 없어"
혹은 "여자는 울기 마련이지"가 된다.

밥 말리의 나라 자메이카에서
'No Woman No Cry' 는
'No Woman Nuh Cry' 로 통한다.
'nuh' 는 'don' t' 의 의미를 갖는다.
역시 울지 말라는 뜻이다.

어느 여자의 눈물, 나아가 세상의 눈물을
닦아주겠다고 약속하는 노래다.

레게는 곧
사상이다

밥 말리 'No Woman No Cry' (1974)

노래는 곧 울음이다

밥 말리(1945-1981)의 노래는 흔히 '울부짖는다'고 표현된다. 세상의 모든 인간은 울음으로 태어났으며 울음으로 감정을 표현하면서 성장한다고 했다. 그렇게 눈물은 인간에게 깨우침을 안겨주고 예술을 선사한다고 밥 말리는 믿었다. 그가 결성한 밴드의 이름은 웨일러스(The Wailers)로, 울부짖는 사람들을 뜻한다.

그의 음악은 레게라 불린다. 쿵-짝-쿵-짝, 느리게 흐르는 태평한 리듬이 전개되고, 서글픈 듯 명랑한 선율이 흘러나온다. 레게는 일단 두들기고 보는 아프리카 대륙의 토속적인 비트와 영미흑인 사회의 소울의 결합이다.

밥 말리가 써내려간 가사에는 문학적이고 선동적인 메시지가 실려 있다. 때때로 현실 정치를 비판하기도 하지만, 공동체의 운명을 대변하고 평화의 미래를 약속하는 이야기를 항상 다룬다.

자메이카 출신의 밥 말리는 1945년 영국계 백인 아버지와 현지 어머니 사이에서 태어났다. 아버지 얼굴을 보지 못하고 사춘기 시절을 보내며, 흑인도 아니고 백인도 아닌 자신의 어정쩡한 정체성을 고민하곤 했다. 하지만 그 문제는 동네 친구들과 축구할 때면 자연스럽게 사라졌다. 공놀이는 모든 사람을 평등하게 만들기 때문이다. 그러다 스포츠보다 훨씬 자극적이고 영향력 있는 세계를 발견한다. 노래였다.

밥 말리는 자메이카의 수도 킹스턴에 속한 작은 마을, 트렌치타운에서 나고 자랐다. 그가 태어나 가난과 싸우며, 열네 살에 학교를 관두고, 친구들과 밴드를 결성해 노래하면서 삶을 이룬 곳이다. 트렌치타운은 자메이카의 불안정한 정치가 고스란히 드러나던 현장이었다. 자메이카는 오랜 기간 영국의 식민지(1655−1962)로 살아왔다. 마침내 독립을 얻지만 사회주의 노선의 인민국가당(PNP)과 친미 성향의 자메이카 노동당(JLP)이 첨예하게 대립해 피바람이 불었다. 그가 사는 트렌치타운에서도 연일 시위가 있었다. 시위에 참여했다가 죽거나 사라지는 사람도 있었다.

길에서 축구하고, 그러다 길에서 노래하게 되면서 밥 말리는 이 모든 것을 지켜봤다. 때때로 의문을 품었다. 세상은 왜 싸워야 할까, 사람들은 왜 죽어야 하지? 의문은 분노로 또 눈물로 이어졌다. 그러다 한없이 무기력해져 모든 걸 잊고 그냥 공을 차거나 노래하면서 도피하고 싶을 때도 있었다. 하지만 어느 순간 그는 고민과 의문을 선율로 풀어내고 울음처럼 터뜨리기 시작했다. 그의 울음은 아팠다. 하지만 그의 눈물은 따뜻했다.

트렌치타운 국회 앞뜰에 앉아 있던 그때가 생각나요.

그때 우리는 선한 사람들과 섞여 있던

위선자를 가려내고 있었죠.

긴 투쟁 동안 우리는 좋은 친구들을 얻었고

또 많은 친구들을 잃었죠.

위대한 미래(가 도래할 것이고),

당신은 지난날들을 잊지 못할 거예요.

이제 눈물을 닦아요.

… 내가 죽더라도 모든 건 잘될 거예요.

— 밥 말리 'No Woman No Cry' 중에서.

Bob Marley

자메이카가 원한 사람

밥 말리의 노래는 수많은 자메이카인을 위로했다. 그의 노래는 어지러운 정계를 비판하고 소박한 민중의 삶을 대변했다. 그러면서 곧 아프리카 대륙을 넘어 세계로 뻗어나간다. 1973년 밥 말리가 'I Shot The Sheriff'를 발표한 후 이듬해 미국의 기타리스트 에릭 클랩튼이 원곡을 해석해 빌보드 1위를 기록하면서다.

'I Shot The Sheriff'에는 우여곡절이 있다. 원래 제목은 '나는 경찰을 쏘았다(I Shot The Police)'였지만 정부의 간섭으로 제목을 바꾸게 됐다. 노래 속 화자가 죽인 대상이 경찰이라는 다수의 집단이 아니라 보안관(sheriff)이라는 개인이라고, 공격 대상의 의미를 한정한 것이다. 정부까지 나서서 노래를 검열한다 한들 노래가 말하는 현실을 가리지는 못했다. 그는 노래를 통해 권력을 비난했고, 대다수의 약자들이 그의 노래를 지지했다. 그리고 그가 공연하는 현장에는 언제든 각종 경찰과 보안관이 대기하고 있었다.

밥 말리는 평화를 노래했지만, 그가 노래하는 현장은 평화롭지 못했다. 그는 떠나야 했다. 1976년 그의 매니저와 아내가 총상을 입으면서다. 눈앞에서 삶의 위협을 느끼고 망명을 택한 밥 말리는 영국으로 간다. 몸은 자유를 얻었지만 그의 마음은 여전히 고향에 있었다. 자메이카의 상황은 시간이 흐를수록 나빠져갔다. 정치적 대립은 걷잡을 수 없이 격화됐고, 연일 소요가 터졌다.

정부는 중재가 필요하다고 느껴 내쫓다시피 했던 밥 말리를 다시 부른다. 자메이카 양측 정당의 무력단체 대표들이 마침내 휴전을 약속하는 평화협상을 하고, 이를 대대적으로 선언하기 위해 밥 말리를 상징 인사로 초빙한 것이다. 그는 그렇게 고국의 부름을 받고 돌아온다.

밥 말리의 복귀와 함께 자메이카 역사에 길이 남을 만한 공연이 기획된다. 돌아온 밥 말리는 '사랑과 평화의 콘서트' 현장으로 달려갔다. 단순한 컴백 공연이 아니었다. 우리의 땅 자메이카의 내분은 이제 끝났고, 마침내 평화로운 세상을 찾았다는 선언의 행사였다. 무대를 통해 인민국가당의 마이클 맨리와 노동당의 에드워드 시가가 함께 손을 잡는 그림 같은 순간도 연출됐다. 극적인 화해 앞에서 그의 노래는 축가로, 그리고 국가로 돌변했다. 가장 위대한 저항이란 연대이자 평화임을 세계가 깨닫는 순간이자 그의 언급이 실현되는 순간이었다.

"혁명은 쉽지도 빠르지도 않다. 그러니 웃으며 기다려라."

예수는 원래 흑인이다?

한편 밥 말리는 유명한 전도사다. 그의 종교는 라스타파리아니즘이라 불린다. 1982년 영국 교회가 승인한 신흥종교다. 아프리카 부족주의와 민족주의가 결합된 종교로, 성서의 새로운 해석이 사상의 기반이다. 기독교와 토속신앙을 엮은 라스타파리아니즘은 예수를 흑인으로, 그리고 에티오피아의 황제 하일레 셀라시에 1세(1892−1975)를 구세주의 재림으로 본다. 황제의 본명이 라스타파리 마콘넨인데, 라스타파리아니즘이라는 이름은 여기서 비롯된다.

그들의 종교는 백인 관점의 기독교를 거부한다. 흑인은 원래 유대인이었으나 벌을 받고 환생하여 백인의 지배를 받고 살아간다고 믿는다. 예루살렘이 기독교의 성지인 것처럼, 라스타파리아니즘을 믿는 라스타파리안에게는 아프리카의 에티오피아가 약속의 땅이다.

이를 가장 신실하게 따르는 대표적인 국가는 도미니카 공화국과 자메이카다. 두 나라 모두 북아메리카 카리브해상에 위치한다. 그들이 결국 돌아가야 할 곳은 아프리카 대륙인 것이다. 한편 라스타파리아니즘은 개인의 행복보다 율법이 지시하는 엄격한 윤리를 중시한다. 또한 마리화나를 명상의 도구이자 평화를 주는 신비한 체험이라고 여긴다.

어릴 적부터 신자였던 밥 말리가 십대 시절 길에서 음악을 시작했을 때, 삶을 이루고 있던 종교가 음악에 스며든 것은 당연했다. 그는 작품 곳곳에 종교의 모든 것을 담았다. 먼저 음악은 아프리카 음악에서 익숙한 리듬으로 출발했다. 그리고 신도들처럼 알록 달록한 모자를 쓰고 노래했다. 녹색(에티오피아), 빨간색(피와 형제), 노란색(태양), 검은색(피부)까지, 강렬한 원색의 옷과 액세서리에는 색깔별로 신앙의 내용이 담겨 있었다. 머리를 자르지 않고 길게 늘어뜨린 이른바 '드레드' 또한 신체를 소중히 여기라는 종교적 지시에 따른 것이다.

흑인은 지금 그릇된 역사로 고통 받고 있지만 자부심을 가지고 살아야 한다는 것도 라스타파리아니즘의 가르침이다. 밥 말리의 모든 노래와 통하는 교리다. 불합리한 세상과 싸우면서 고통을 이겨내고, 때때로 적과 배신자를 벌하며 연대하자는 각성이 그의 노래 구석구석에 깃들어 있다. 이렇듯 그는 활동가이자 운동가, 때때로 혁명가였다. 자국의 요동치는 정치적 대립을 노래로 잠재우는 실천가였다. 아울러 전 세계에 자신의 종교를 소개하고 뜻을 전달하는 선교사였다.

그의 노래는 자국의 선풍적인 호응을 넘어 1970년대 중반부터 세계로 뻗어나갔다. 밥 말리, 그리고 그의 밴드 웨일러스는 현재까지 미국 투어를 완수한 자메이카의 유일한 뮤지션이다. 그가 표방한 장르 레게는 때때로 여름에 즐기는 가벼운 음악으로 통한다. 그러나 거기엔 그들의 종교와 사상이 있다. 그리고 특수한 종교 활동으로만 의미를 한정할 수 없는, 인류의 이상적인 미래가 담겨 있다. 밥 말리가 세상을 등진 후 그의 생일 2월 6일은 자메이카의 국경일로 지정됐다.

reconciliatio

1985년 8월 12일, 일본 최대 명절인 오본절 전날.
'일본항공 123편'에는 524명의 승객이 탑승해 있었다.
갑자기 벌크헤드가 폭발하면서
비행기의 꼬리 날개가 떨어져 나간다.

비행기는 추락했고 520명이 사망했다.

사고로 목숨을 잃은 이들 가운데에는
왕년의 인기가수 사카모토 규(坂本九)도 있었다.
돌연한 사고와 죽음 앞에서
사람들은 그의 노래를 떠올렸다.
한때 미국을 정복했을 만큼 대성한 노래,

**언제나 일본인에게
위로와 희망을 안겨주는 노래였다.**

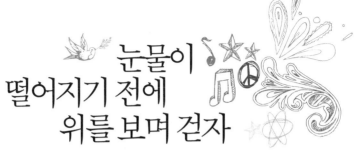

눈물이 떨어지기 전에 위를 보며 걷자

사카모토 규 '上を向いて歩こう' (1961)

노래가 전골이 되어버린 사연

팝 종주국은 미국이다. 미국의 대표적인 차트이자 세계 제1의 대중음악 차트 빌보드가 말해준다. 물론 문은 언제나 열려 있다. 영국은 1960년대 비틀스와 롤링스톤스 시절부터 끊임없이 빌보드를 격추했고(이를 두고 '영국의 침공(British Invasion)'이라 부른다), 스웨덴 출신의 아바에게도 기회가 있었다. 하지만 영생을 누릴 수는 없었다. 국내에선 김범수(2002), 레게 그룹 스토니스컹크의 멤버 스컬(2007), 그리고 보아와 원더걸스(2009)까지 도전했지만 쾌거라고 말할 만한 성과를 거두지는 못했다. 그렇게 문턱이 높은 빌보드가 아주 가끔씩 이변을 허용하기도 했다. 2012년 여름 우연처럼

'강남 스타일'로 빌보드 2위를 기록한 국내 가수 싸이, 그리고 일본 가수 사카모토 규(1941－1985)가 대표적이다.

어린 날 엘비스 프레슬리를 흉내 내면서 가수의 꿈을 키운 사카모토 규는 록 밴드를 결성하면서 서서히 꿈에 다가섰다. 의욕과 현실은 달라서 몇 차례 해산의 위기를 맞았다가 우연히 솔로앨범 제의를 받아 음반을 취입하지만, 주류 시장의 벽은 여전히 높았다. 매번 좌절해도 노래와 인연의 끈을 놓지 않던 사카모토 규에게 마침내 행운이 찾아온다. 1961년 발표한 '上を向いて歩こう(위를 보며 걷자)'가 제대로 터지면서다.

1960년대는 영미권의 음악이 일본시장에 빠르게 흡수되던 시기였다. 밀려든 서양의 음악은 일본의 전통가요인 엔카와 자연스럽게 엮였다. '위를 보며 걷자'도 마찬가지였다. 지금 들으면 속된 말로 '뽕끼'가 느껴지는 구식 노래이지만 정통 엔카는 아니다. 당시 기준으로 새로우면서도 익숙한, 서구식 재즈와 일본식 가요의 문법이 섞인 신선한 노래였다.

사카모토 규는 진정 좋은 노래를 만났다. '눈물이 떨어지지 않도록 위를 바라보고 걷자'는 긍정적인 메시지, 흥얼거리기 쉬운 멜로디는 사람들의 삶 속으로 파고들었다. 국민가요로 통할 만큼 성공한 후 노래는 새로운 지위를 얻었다. 해외시장에 일본의 음악문화를 소개할 때 가장 먼저 떠올리는 노래가 된 것이다.

그 무렵 영국의 트럼펫 연주자 케니 볼이 공연 차 일본을 찾아온 일이 있다. 케니 볼을 초청한 일본 수행팀은 공연을 마치고 떠나는 그에게 자국의 음악 앨범을 몇 개 선물했다. 그중 그가 흥미를 보인 곡이 있었다. 나중에 케니 볼이 직접 트럼펫 연주 버전으로 발표하는 '위를 보며 걷자'였다.

미국인 DJ 리치 오스본도 비슷한 관심을 드러냈다. 미국 어느 방송사의 라디오국에서 일하던 그는 이따금씩 청취자에게 레코드를 선물로 받았는데, 무수한 선물 가운데 이색적인 노래 한 곡을 발견한다. 역시 사카모토 규의 '위를 보며 걷자'였다. 일본어 그대로 나가야 맛이 산다고 여긴 그는 종종 노래를 선곡했고 기대 이상의 반응을 얻었다.

영국인 뮤지션과 미국인 DJ의 소개로 뜬금없이 유명해진 '위를 보며 걷자'는 괴상한 별칭으로 통했다. 원제의 어려운 발음 대신 찌개나 전골을 뜻하는 'Sukiyaki'라는 제목으로 불리게 된 것이다. 이 엉뚱한 제목은 케니 볼한테서 나왔다. 출처가 일본임을 알릴 단어가 필요했는데, 그와 측근들이 기억하는 일본어라고는 일본에서 먹은 음식 이름밖에 없었다. 그래서 그들은 노래를 '스키야키(전골)'라고 간단하게 불렀고 그렇게 통용되기 시작한 것이다.

제2차 세계대전 이후 일본 사회가 급속도로 회복되는 과정은 전 세계의 주요 관심사였다. 덩달아 일본문화 또한 세계의 호기심

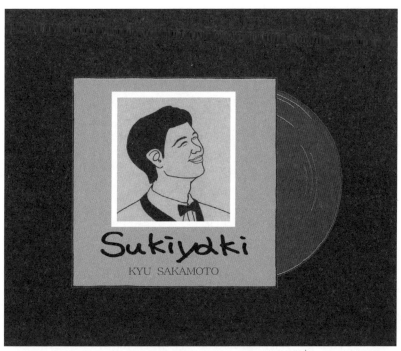

Sakamoto Kyu

을 자극했다. '전골'이 되어버린 재미있는 사연의 노래 '위를 보며 걷자'는 그 한복판에 있었다. 일단 향수에 젖은 해외 교민들의 전폭적인 지지를 받으며 승승장구하다 슬금슬금 차트에 진입했다. 조금 더 시간이 지나자 아무도 예상하지 못한 결과가 나왔다. 3주 연속 빌보드 1위를 기록한 것이다.

'위를 보며 걷자'의 빌보드 1위 달성은 영어 버전이 아니라 일본어 노래로 거둔 이례적인 성과다. 오늘날 미국 시장에 도전하는 가수들처럼 체계적이고 산업적인 전략이 있었던 것도 아니다. 그야말로 자연발생적인 결과였다. 시간이 흘러 사카모토 규와 관계자들은 너무 먼 땅에서 일어난 일이라 실감이 나지 않는다고 회고했다.

아프고 힘들 때 찾는 고향의 노래

행복은 구름 위에, 행복은 하늘 위에.

위를 보며 걷자, 눈물이 흐르지 않도록.

슬픔은 별 뒤편에, 슬픔은 달 뒤편에.

위를 보며 걷자, 눈물이 흐르지 않도록.

― 사카모토 규 '위를 보며 걷자' 중에서.

미국에서 거둔 성공은 깜짝 이벤트이지만, 자국에서 느끼는 노래의 힘은 영원에 가깝다. 노래가 발표된 1960년대부터 40여 명의 가수들이 해석을 시도했을 만큼 '위를 보며 걷자'는 일본 대중음악의 고전으로 통한다. 내가 요코라는 일본인 친구에게 한국의 '아리랑'에 필적하는 일본의 멜로디를 물었을 때 망설임 없이 '위를 보며 걷자'를 꼽았을 정도다. 일본 시장에 진출했던 SS501 같은 국내 아이돌 가수 또한 일본의 한 무대에서 '위를 보며 걷자'를 불렀다. 일본 진출을 계획하던 싱어송라이터 추가열은 가장 빨리 일본시장에 파고들 수 있는 방법으로 '위를 보며 걷자'를 이야기했다.

노래가 이토록 오랫동안 사랑받을 수 있는 이유를 현지인 요코에게 물었다. 첫 번째로는 노래를 부른 사카모토 규의 안타까운 죽음을 이야기했다. 그는 1985년 '일본항공 123편' 사고로 사망했다. 전 세계 비행기 사고 역사상 최대 사망자를 기록한 사건이다. 일본 열도뿐 아니라 전 세계에 충격을 안겨준 대 참사였다. 게다가 희생자 한 명은 무려 아시아인으로서 빌보드를 돌파한 인기 가수다.

두 번째로는 메시지를 꼽았다. '위를 보며 걷자'는 문장은 '하면 된다' '울지 말고 일어나' 혹은 '심기일전'과 의미가 통한다. 위기를 이야기한 후 긍정과 위로로 마무리되는 내용이다. 위기는 충격과 절망을 낳지만, 곧바로 희망과 극복에 대한 의지를 부른다. 500여 명이 사망한 비행기 추락 사건도 그랬다. 2011년 일본을 뒤흔든 대지진 앞에서 노래는 다시 주목을 받았다. 지진 이후 대대적으로 회복을 기원하는 이벤트로 제작된 후지 TV의 FNS 음악 특별방송 제목은 〈위를 보며 걷자 - 노래로 하나 되자, 일본〉이었다. 이벤트와 관련해 일본에서 인기를 구가하는 한류스타 이병헌도 '위를 보며 걷자'를 싱글로 발표했다. 행복한 결말을 지향하는 문화예술도 언제든 '위를 보며 걷자'를 찾았다. 스튜디오 지브리의 찬란한 애니메이션 〈코쿠리코 언덕에서〉(2011)에도 노래가 쓰였다. 끊임없이 반복될 만큼 대다수의 일본인들이 어린 날부터 듣고 자라 마음속에 깊이 새겨진 노래라는 것이다.

지금도 유튜브 같은 동영상 사이트를 뒤적이면 수많은 버전의 '위를 보며 걷자'를 만날 수 있다. 싱글로만 무려 1,500만 장을 팔아치웠다는 인기가수 사카모토 규의 버전이 가장 먼저 나온다. 흐릿한 동영상 속의 그는 마치 '가요무대'에 오른 기성세대 가수로 보인다. 검색을 몇 번 더할수록 새롭고 참신한 영상을 보게 된다. J-pop을 부르는 수많은 스타들이 시대별로 스쳐 지나간다.

'위를 보며 걷자'는 특정한 가수가 독점하는 노래가 아니다. 몇 해 전 몇몇 젊은이가 아카펠라로 완벽한 하모니를 만들고, 노래하는 과정을 찍어 세상과 공유한 적이 있다. 그만큼 셀 수 없이 많은

버전이 있고, 누구나 노래를 부르고 나눈다. 노래와 함께라면 세
월도, 세대도, 직함도 중요하지 않다. '위를 보며 걷자'가 흐르는
순간 모두가 평등해진다.

2장

음악, 가장 정의롭고 가장 자유로운 저항

-저항과 정의를 외치는 노래-

resistance

폴 그린그래스 감독의 〈블러디 선데이〉(2002).
영화는 '피의 일요일'이 남긴
열세 명의 사망자 명단을 공개한 후
국회의원 두 명의 성명 발표로 끝난다.

영국의회 하원의원 아이반 쿠퍼는 말했다.
"진실의 순간, 그리고 부끄러운 순간이었습니다.
영국 정부는 북아일랜드의 시민권 운동을 짓밟고
공화국군에게 승리를 안겨주었습니다.
도시의 젊은이들이 곧 공화국군에 가담할 것입니다.
그리고 당신들에게는 폭풍이 휘몰아칠 것입니다."

버나데트 데블린도 이어서 말했다.

"다른 사람들을 대표해 희생자와 유가족에게 고합니다.
정의가 바로 서는 그날까지 우린 쉬지 않을 것입니다."

그리고 노래가 이어졌다.
엔딩 크레딧과 함께
유투의 'Sunday Bloody Sunday'가 흘러나왔다.

피로 얼룩진 평화의 행진

유투 'Sunday Bloody Sunday' (1983)

어느 일요일의 거리, 깨진 병 조각들과 쓰러진 사람들

1972년 1월 30일 일요일 북아일랜드 데리. 평화 시위를 하던 북아일랜드인이 영국군의 총을 맞고 쓰러졌다. 민권운동가도 죽었다. 그저 거리를 걷고 있을 뿐이었던 행인도 죽었다. 총을 맞은 사람은 스물일곱 명, 사망자는 총 열세 명으로 보고됐다.

사건이 터지기 전, 데리시민권협의회 대표이자 영국의회 하원의원 아이반 쿠퍼는 데리에서 평화의 행진이 있을 예정이라고 공식 발표했다. 덧붙여 간디와 마틴 루터 킹을 거론하면서 비폭력 시위가 영국과 북아일랜드의 대립을 해결할 열쇠라고 말했다. 하지만 영국은 북아일랜드에서 벌어지는 모든 시위를 불법행위로

규정하고 시위 날이 되자 공수부대를 동원해 데리를 봉쇄했다.

아이반 쿠퍼가 그토록 강조했던 평화는 지켜지지 못했다. 시위자들 중 일부가 행진 대열에서 이탈해 영국군을 향해 돌을 던졌다. 돌을 맞은 영국군은 물 대포와 고무총으로 반격했다. 시위대의 반응이 점차 격렬해지자 영국군의 무기는 바뀐다. 그들은 실탄을 장전했다. 그리고 희생자가 속출했다. 이 사건은 '피의 일요일'이라 불린다.

사건의 배경은 16세기를 전후로 거슬러 올라간다. 영국이 아일랜드를 지배하던 시기이다. 지배자 영국은 구교 카톨릭 전통의 아일랜드에 신교도 정책을 펼친다. 그러나 구교도들은 종교를 바꿀 마음도 없고, 그렇다고 고향을 떠날 마음도 없었다. 그때부터 토착민과 이주민 사이의 종교적 갈등이 시작된다. 대립은 20세기까지 지속되었다. 토착민들이 반발할 때마다 영국은 여러 기관에서 구교도들을 배제하는 정책으로 응수했다. 언제나 승리자는 지배자 쪽이었다.

18세기 말 프랑스 혁명을 계기로, 아일랜드에도 변화의 물결이 잠깐 찾아왔다. 하지만 크게 달라진 건 없었다. 1920년 아일랜드는 독립을 쟁취했지만 반쪽자리 독립에 불과했다. 신교도들이 많은 북아일랜드는 결국 영국의 관할이 되었다. 영국령 북아일랜드에는 치안 유지를 위해 지금까지 영국군이 주둔하고 있다.

이에 영국군에 대한 대항세력이 결성됐다. 아일랜드공화군(Irish Republican Army), 혼히 IRA라 말하는 단체다. 1913년 아일랜드의 독립을 위해 결성된 아일랜드 의용군이 전신이다. 1919년 아일랜드 의회는 마이클 콜린스가 대표인 IRA를 정식으로 승인했다. 시간이 흘러 IRA는 지향성과 추진력에 따라 온건파와 과격파로 나뉘게 된다. 온건파는 IRA, 과격파는 1969년 결성된 PIRA로, 급진주의 아일랜드 공화국군을 뜻한다. 오늘날에는 PIRA를 IRA라 부른다.

IRA의 초기 목적은 국가의 독립이었지만 점차 의미가 퇴색되어갔다. 테러를 목적으로 무기대용 밀수품을 거래하고 돈세탁까지 관여했던 것이다. 몇 차례 이어진 국제 범죄로 IRA는 영국은 물론 국제경찰 미국을 비롯해 때때로 자국에서까지 골칫덩어리로 떠올랐다. 어느덧 폭력과 테러에 적응된 IRA 앞에서 국제사회 전체가 속수무책이었다.

1972년 영국은 북아일랜드의 자치권을 거두어들인다. 이와 함께 아일랜드 시민을 재판 없이 30일간 구속할 수 있는 법안이 통과됐다. 불법적인 체포와 구금이 법적으로 정당화됐다는 뜻이다. 수많은 아일랜드인이 동요했고, 성난 시민을 가라앉히고자 사회운동가 성격의 국회의원이 먼저 나섰다. 영국의회 하원의원 아이반 쿠퍼는 북아일랜드의 데리에서 가진 연설을 통해 비폭력 시위

만이 정당한 권리를 되찾을 방법이라고 시민들을 설득했다.

그러나 시위는 무기 앞에 무너졌다. 깨진 유리 파편들과 피에 젖은 시체들이 거리를 뒤덮었다. 시위 현장에서 죽은 열세 명 가운데 일곱 명이 미성년자였다. 총 열네 명이 중상을 입었다. 죽고 쓰러져간 이들 중에는 시위와 관계없는 사람도 있었다. 친구들과 함께 맨몸으로 시위 현장에 뛰어들었다가 사망한 어느 청년의 주머니에서는 폭탄이 발견되기도 했는데, 아무도 폭탄의 출처를 알지 못했다.

사건 이후 영국군은 영국정부의 주관으로 청문회를 열었다. 그리고 IRA의 선제공격에 따른 당연한 반격이라는 결론을 내린다. 영국군 측은 사상자의 일부가 총기와 폭탄을 소지하고 있었다고 주장했다. 시위를 진압하고 먼저 시체를 확보한 이들의 사후 조작으로 나중에 판명됐지만 정교한 사실확인과정은 생략됐다. 작전 지휘관은 영국 여왕에게 훈장까지 받았다.

영국군의 반쪽짜리 보고서를 두고도 아일랜드 정부는 힘을 쓰지 못했다. 그런 정부 대신 IRA가 움직였다. 복수심에 불타는 청년들이 너도나도 IRA에 자원입대했다. 그들은 영국 관공서와 눈에 띄는 영국군들을 저격했다. 셀 수 없이 많은 소요가 있었다. 그로부터 30년이 지난 오늘까지, 영국군과 IRA의 전쟁 같은 대립으로 희생된 사망자는 총 3천 명이 넘는 것으로 추정된다.

진실은 뒤늦게 몸을 드러냈다. 희생자의 유족과 가톨릭교도들이 꾸준히 의혹을 제기하자 1998년 토니 블레어 영국 총리가 재조사를 지시했다. 2010년이 되어서야 900여 명의 증언을 첨부한 5천 페이지 분량의 문건이 나왔다. 시위 진압과 관련한 영국 측의 주장이 조작이자 거짓이라고 밝혀진 것이다. 30년이 넘는 세월 끝에 인정된 진실이었다.

IRA의 평화도 찾아왔다. 양측 정부와 신교도들의 오랜 설득 끝에 IRA는 2005년 무장해제를 선언했다. 보이지 않는 갈등이 두 나라 사이에 존재할지는 몰라도, 피 튀기는 전투는 사라진 상태다. 하지만 IRA는 조직을 해체한 것이 아니다. 삶의 터전이 위협 받는다고 느끼는 순간 그들은 언제라도 다시 나타날 수 있다.

노래가 다시 경고한 '피의 일요일'

오늘의 뉴스를 믿을 수 없습니다.

눈을 감아도 사라지지 않아요.

얼마나 오래 이 노래를 불러야 할까요.

아이들의 발밑에는 깨진 병 조각이,

막다른 길목에는 시체들이 널려 있습니다.

나는 전쟁의 경고에 무심했는데, 그냥 방관하고 있었는데,

일요일, 피의 일요일이었습니다.

— 유투 'Sunday Bloody Sunday' 중에서.

시간이 흘러 '피의 일요일'은 작품으로 다시 회자됐다. 아일랜드 출신이라 누구보다도 상황을 절박하게 이해했을 밴드, 유투가 사건을 'Sunday Bloody Sunday'로 복원하면서다.

유투의 보컬리스트 보노는 예나 지금이나 전 세계 방방곡곡을

걱정하고 사회적 모순 앞에서 목소리를 높이는 인물로 유명하다. 인터넷에서 자신의 공연을 전 세계에 생중계하면서, 군부정권의 폭압적 조치로 수십 년째 가택연금중인 미얀마의 아웅산 수치를 석방하라고 요구하는 운동가다. 헤로인 과용으로 친구가 세상을 떠나자 그는 'Bad'를 썼다. 그리고 덧붙였다. "약물복용으로 친구가 죽는 일은 내게도 당신에게도 심심찮게 일어난다. 그런데 세상은 어찌 이리 무심할까."

한편 유투는 백만장자다. 미국과 영국에 눌려 아일랜드 음악이 크게 시장 가치를 얻지는 못하지만, 유투만큼은 절대적인 예외다. 2009년 미국 음악 전문지 〈빌보드〉에 따르면 그해 1억 860만 달러를 벌어들인 소득 1위의 뮤지션이다. 세계 어느 공연장이나 유투를 원하고 있다.

일단 탁월한 음악이 유투의 가치를 보여준다. 기타리스트 엣지의 연주는 또 다른 기타의 장인 산타나와 마찬가지로 누구도 흉내내기 어려운 강렬한 소리를 낸다. 보컬리스트 보노의 목소리는 끓어오르는 용암에 비유된다. 그렇게 몸으로, 또 악기로 내는 유투의 소리는 이따금 정치적 이슈와 만나 폭발한다.

유투의 세 번째 앨범 〈War〉(1983)는 뮤지션의 정치적 노선을 공식적으로 밝힌 격렬한 작품이다. 제목부터 전쟁을 비롯한 세계의 모순과 부조리에 응답하는 앨범이다. 앨범 수록곡 'Sunday

Bloody Sunday'가 대표적이다.

　노래는 돌려서 말하지 않는다. 사건의 현장을 사실적으로 보고한다. 가사는 종교와 국가의 대립으로 무차별한 희생이 일어난 1972년 1월 데리의 거리를 묘사한다. 이어서 사실은 허구이고 현실은 TV 속에 있다고 비판한다. 숱한 사람들이 울고 있는데 우린 먹고 마실 뿐이라고 성토한다. 세상이 이렇게 멍들어 있다는 것을 깨달아야 하지 않겠느냐고 묻는 것이다.

　보노는 노래의 작업 경위를 직접 설명한 바 있다.

　"나는 정치적인 노래를 하려는 게 아니다. 현실 사람들 사이에서 이루어지는 정치를 노래하고 싶었을 뿐이다. 잡담하듯 '가톨릭교도 열세 명이 영국군 총에 맞아 죽었어'라고 단순하게 이야기하려 했던 게 아니다. 나는 질문하고 싶었다. '얼마나 더 그래야 해? 얼마나 더 참아야 해? 종종 정치 이야기를 하는 밴드들을 고루하다 말한다. 하지만 진짜 사람이 죽었는데, 전쟁처럼 끔찍한 사건이 눈앞에서 일어나고 있는데 어떻게 침묵할 수 있을까?'

　노래가 죽은 사람을 되돌려놓을 수는 없다. 세상의 모순을 송두리째 뽑아놓을 수도 없다. 하지만 그게 노래의 초라한 한계이자 운명이라 해도, 노래는 위기와 분노를 말할 수 있다. 덧붙여 세상의 부조리를 일깨우고 반성을 촉구하면서, 더 위험한 미래를 경계할 수 있다. 유투는 그 가능성을 노래한 뮤지션이다.

resistance

안데스 산맥에서 서식하는 콘도르.
몸무게 10kg, 몸길이 1.3m,
맹금류라 부르는 사나운 육식성 조류 사이에서

가장 몸집이 큰 새다.

현재 남미 서부 산악지대의 보호구역에서
40마리 정도만 남아 있는 국제보호조다.

날개를 펼치면 3m가 넘는다.
높이 또 멀리 나는 강한 녀석이라
잉카인들 사이에선 자유의 상징이자 경외의 대상으로 통했다.
먼 옛날엔 기어이 잡아 제사가 이루어지기도 했다는데
콘도르가 하늘과 땅의 중개자라 믿었기 때문이다.

잉카인은 콘도르를 통해 위대한 인물을 다시 본다.
그들은 영웅이 죽으면 콘도르로 다시 태어난다고 믿는다.

영웅은 새로 환생하리라

사이먼 앤 가펑클 'El Condor Pasa' (1970)

1780년대 페루, 영원히 죽지 않는 영웅의 이야기

페루 사람들은 지금도 영웅이 죽으면 콘도르로 환생한다고 믿는다. 그리고 페루인의 심장에는 영원한 콘도르로 남아 있는 위대한 인물이 있다. 그 주인공은 투팍 아마루 2세라고 불리는 호세 가브리엘 콘도르칸키(Jose Gabriel Condorcanqui, 1742—1781)다. 그는 스페인의 페루 통치에 맞서 항쟁을 이끈 인물이다.

투팍 아마루 2세는 1742년 토착민 촌장의 아들로 태어났다. 지도층 신분이었던 덕분에 식민유산인 예수회의 고급 교육을 받아 라틴어와 스페인어를 능숙하게 익힐 수 있었다. 족장의 지위를 물려받은 특권계급이기도 했으나 그의 관심사는 권력이 아니었다.

그것은 광산의 인부와 목화밭의 농부들이었다. 스페인 지배계층에게 무리한 노동을 강요당하는 무리들이다.

스페인이 페루를 점령한 역사는 콜럼버스가 아메리카 대륙을 발견한 이후로 거슬러 올라간다. 1532년 프란시스코 피사로를 비롯한 스페인의 정복자들이 남아메리카 중앙 안데스 지방을 찾아왔다. 지금의 페루와 볼리비아를 차지하는 지역이다. 당시 모험가들은 그곳을 상상 속 황금의 나라, '엘도라도'라 여겼다. 하지만 이들은 순진한 모험가가 아니었다. 갑옷을 입고 화약으로 무장한 군사들이었다. 알파카 같은 순한 동물과 벗 삼고, 청동기를 쓰며 문명을 이루던 잉카의 원주민이 예측은커녕 싸울 수도 없었던 무시무시한 이방인이기도 했다.

정복자들은 무기 없이도 원주민들을 위협할 수 있었다. 스페인 병사들의 감기와 천연두로 가뿐하게 원주민을 제압한 것이다. 당시만 해도 감기는 남아메리카엔 없었던 질병, 아니 역병이다. 치료제는 상상도 할 수 없었고, 사람들에겐 경험도 내성도 없었기 때문이다. 고작 감기로 수십만 명이 죽게 된다. 원주민이 희생되면서 잉카제국은 완전히 함락 당했다. 원주민의 정체성을 뒤흔드는 협박 또한 일삼았다. 정복자 피사로는 당시 잉카제국의 군주였던 아타후알파를 처형하기에 앞서 기독교로 개종하면 화형만은 면할 것이라 했다. 잉카인들은 시신이 재가 되면 영혼도 사라진다고 믿었기 때문이다.

무기와 질병으로 잉카를 점령하고 원주민의 토착문화를 뿌리 뽑는 일에 성공한 뒤, 정복자들은 곧 페루 부왕령을 설치했다. 부왕령은 중남미의 넓은 식민지를 몇 개의 구역으로 나눈 후 국왕을 대리해 부왕이 통치하는 제도를 말한다. 제도가 송두리째 바뀌면서 원주민의 삶도 피폐해져갔다. 잉카 전역의 금광과 은광에 부역되어 휴식 없는 노동에 시달려야 했다. 그렇게 생산된 금은보화는 모두 스페인 왕가의 주머니로 들어갔다. 게다가 자원이란 유한할 수밖에 없다. 18세기에 접어들면서 은 생산은 급격하게 줄어들었다. 그러자 스페인 정부는 개혁이라는 명목으로 세금을 대폭 올렸다. 이 폭압적인 통치가 250년 이상 이어졌다. 원주민들은 더는 침묵할 수 없었다. 끔찍한 노동을 아득한 후손에게까지 물려줄 수는 없었다.

그때 등장한 인물이 투팍 아마루 2세다. 은밀하게 저항을 시작해 훗날 대규모 군대까지 만들어 침략자와 맹렬하게 싸운 인물이다. 그는 단순히 종교의 자유와 노동 인권을 회복하려고 스페인 정부와 싸운 것이 아니다. 그는 그 이상의 원대한 세계를 바라보고 있었다. 진정한 목표는 정복자들에게 빼앗긴 제국과 문명을 재건하는 것이었다. 토착민 착취로 원성이 높았던 총독 안토니오 데 아리아가를 처형했을 때, 그는 잉카 황제의 복장을 하고 있었다고

전해진다. 잉카인의 손으로 온전히 일군 제국의 부활을 꿈꿨기 때문이다. 그의 이름에서도 이상과 의지가 드러난다. 그는 잉카의 마지막 황제인 투팍 아마루(재위기간 1569-1572)의 직계 후손이라 참칭하고, 이름을 투팍 아마루 2세로 바꿨다.

그러나 진정한 혁명은 이뤄지지 못했다. 스페인 지원군에 의해 투팍 아마루 2세의 돌격은 진압됐다. 그는 생포되어 쿠스코 광장에 묶였다. 팔과 다리를 말에 묶은 채로 사지가 찢기는 형벌이 그를 기다리고 있었다. 그렇게 황제는 형장의 이슬로 사라졌고, 제국은 완전히 소멸하고 말았다.

잉카에는 문자가 없었다. 그래서 대대손손 말과 몸으로 전해진 건축 양식, 노래와 춤 같은 풍성한 문화가 기록되지 못했다. 하지만 다행히 모든 것이 붕괴되지는 않았다. 지금까지도 세계의 관광객을 유혹하는 절경의 공중도시 마추피추가 대표적인 문화유산이다. 우수하고 아름다운 문명의 흔적으로 기록되는 유적 말고도 살아남은 문화가 또 있다. 전설이다. 콘도르로 상징되는 위대한 인물의 환생이다.

잉카의 후예들, 즉 오늘의 페루인들은 투팍 아마루 2세가 죽었다고 생각하지 않는다. 민중의 정신적 지주였던 영웅은 콘도르로 다시 태어나 안데스 산맥에서 둥지를 틀고 살아간다고 믿는다. 그렇게 제국의 재림을 꿈꾸던 영웅의 이야기는 영원한 생을 얻게 되었다. 그리고 18세기를 전후해서는 입에서 입으로 전해지는 노래로 남았다. 그것이 오늘날까지 불리는 노래 'El Condor Pasa'(콘도르는 날아가고)의 원형이다.

안데스 지방의 원주민 언어 '케추아어'로 전해진 가사는 참 간절하다. 그것은 영웅의 열망이었고 후예들의 뜨거운 바람이기도 했다.

하늘의 주인 콘도르여, 우리를 안데스로 데려가주오.

나의 잉카 친구들과 고향으로 돌아가려 한다네.

쿠스코의 광장에서 나를 기다려주오.

우리가 마추피추와 와이나피추를 거닐 수 있도록.

— 'El Condor Pasa' (페루 민요) 중에서.

1970년대 미국, 죽은 영웅을 되살려낸 뮤지션

영웅은 노래를 통해 재림했다. 페루 출신의 민속음악가이자 작곡가 다니엘 알로미아 로블스(Daniel Alomía Robles)로부터 시작된 작업이다. 그는 백 살이 넘은 잉카 출신의 어느 노인으로부터 1913년 'El Condor Pasa'의 원곡을 채보한 후, 동명의 사르수엘라(Zazuela, 스페인의 오페라 혹은 악극) 〈엘 콘도 파사〉를 기획했다. 그리고 극의 마지막 대목에 18세기부터 전해진 영웅의 노래 'El Condor Pasa'를 띄웠다.

그로부터 몇 년이 지나 안데스 지방의 인디오로 구성된 밴드, 로스 잉카스(Los Incas, 잉카족을 뜻함)가 등장한다. 그들은 세계 방방곡곡에서 공연하면서 'El Condor Pasa'를 비롯한 페루의 전통음악을 세계에 널리 알린다. 그리고 프랑스의 어느 무대에 선 로스 잉카스의 구슬픈 연주에 강렬하게 매료된 미국인이 있었다. 사이먼 앤 가펑클(Simon and Garfunkel)의 폴 사이먼(Paul Simon)이다.

사이먼 앤 가펑클은 1970년대 포크음악을 대표하는 2인조 뮤지션이다. '험한 세상의 다리가 되어'로 통하는 'Bridge Over Troubled Water', 후렴구의 '라라라'로 유명한 'The Boxer', 더스틴 호프만 주연의 영화 〈졸업〉(1967)에 쓰인 'The Sound of Silence' 등으로 국내에서도 크게 사랑받은 뮤지션이다. 아름다운 선율과 화음의 노래로 대중적인 성공을 거뒀지만, 그들은 음악적 실험에도 열려 있었다. 페루의 전통음악을 외국인의 관점으로 해석한 'El Condor Pasa'(1970)는 폴 사이먼의 모험을 보여주는 작품이다.

우연히 이국의 신비로운 음악을 접하고 넋이 나간 폴 사이먼은 로스 잉카스와 합동 공연을 제안하고 함께 활동하기 시작했다. 연이은 공연에서 무수한 청중들이 'El Condor Pasa'에 감동의 갈채를 보냈다. 이에 폴 사이먼은 'El Condor Pasa'의 공식 발표계획을 세운다. 노래는 사이먼 앤 가펑클의 다섯 번째 앨범 〈Bridge Over Troubled Water〉에 실렸다. 미국 빌보드 차트 18위, 스위스와 독일 등 여러 유럽 국가에서 1위를 기록하면서 공연 이상의 성공을 거둔다. 동시에 비평적으로도 큰 성취를 이뤘다. 미국의 현대 뮤지션과 페루의 전통음악이 만난 서로 다른 문화의 아름다운 결합이자 역사적 사실의 환기하는 의미 있는 작품으로 평가됐다.

노래가 세계적으로 유명세를 얻자 작은 문제도 생겼다. 민속음악가 다니엘 알로미아 로블스의 아들이 사이먼 앤 가펑클의 노래에 저작권 소송을 제기한 것이다. 폴 사이먼은 구전민요인 줄 알고 성급하게 썼다고 공개적으로 사과했다. 앨범의 크레딧에 다니엘 알로미아 로블스의 이름을 추가하는 것으로 갈등은 일단락됐다.

폴 사이먼의 'El Condor Pasa'는 애상적인 피리 소리로 시작한다. 그러다 돌연 명랑한 노래가 터져 나온다. 민속음악 특유의 한과 흥을 고루 살린 것이다. 오늘의 감각으로 이해하기에 조금 촌스럽게 들릴 수도 있다. 그러나 슬픔과 아픔이란 원래 세련될 수가 없는 감정이다. 원곡의 의미와 기원을 사려 깊게 이해한 재해석인 것이다.

폴 사이먼은 원곡의 멜로디와 로스 잉카스의 편곡을 거의 보존하면서 가사만 새로 썼다. 그의 해석을 통해 잉카 제국의 재림을 꿈꾸던 전설적인 영웅 이야기는 폭넓은 의미를 갖게 됐다. 그가 노래하는 'El Condor Pasa'는 어느 민족의 열망을 넘어 보편의 자유를 노래한다. 크든 작든 누구나 경험했을 속박의 현실을, 그리고 누구나 꿈꾼 적 있는 자유의 이상을 대변하는 것만 같다. 슬프고 무거운 이야기를 쉬운 비유로 풀어낸 덕분이다.

달팽이보단 참새가 될래.

못이 될 바에야 망치가 될 거야.

길이 아니라 숲이 되겠어.

땅에 묶인 인간은 가장 슬픈 목소리를 내지.

지구를 발밑에서 느끼고 싶을 뿐인데.

— 폴 사이먼 'El Condor Pasa' 중에서.

resistance

1969년 성탄절을 앞둔 세계의 풍경.
뉴욕, 도쿄, 로마 등 17개국 도시의 광고판에는
똑같은 광고가 떴다.

"전쟁은 끝납니다, 당신이 그것을 원한다면.
해피 크리스마스, 존과 요코로부터."

가끔 전단이나 티셔츠를 통해 만나는 그 유명한 문구,
"War Is Over"의 기원이다.

메시지와 함께 노래도 남겼다.
노래의 제목은 'Happy Christmas(War Is Over)'로,
인류 최초의 반전 캐럴로 통한다.
1980년 존 레논은 사망했지만
오노 요코는 매년 성탄 시즌이 찾아오면
같은 캠페인을 벌인다.

함께 꾸는
꿈은
현실이 된다

존 레논 'Imagine' (1971)

세기의 밴드 비틀스와 마운 오리 오노 요코

1960년 결성된 비틀스는 1970년 공식적으로 해산을 발표한다. 자국 영국은 물론 세계시장을 정복하면서 인기와 명예를 두루 누린 후, 멤버 각각이 밴드 시절과는 다른 새로운 관심사를 찾은 것이 해체 배경이다. 비틀스의 멜로디 메이커 조지 해리슨은 인도 문화에 심취했다. 음악적 리더인 존 레논은 이미 1968년부터 구체적으로 솔로 앨범을 구상하고 있었다.

존 레논은 실제 배우자이자 영적 동반자 오노 요코와 미래를 약속하면서 비틀스에 대한 미련을 완전히 접었다. 과정이 쉽지는 않았다. 끊이지 않고 잡음이 이어졌다. 비틀스 팬덤에게 오노 요코는 존 레논을 빼앗아 간 못생긴 동양인 마녀나 다름없었다. 비틀스의 관계자들도 마찬가지였다. 서서히 위기가 찾아오던 밴드 후반 시절, 그들은 존 레논에게 비틀스와 그녀 가운데 하나를 택하라 했다. 결국 존 레논은 오노 요코의 편에 섰다.

존 레논과 함께 밴드 비틀스의 한 축을 이루던 폴 매카트니는 말했다. "오노 요코와 만난 이후로 존 레논은 우리를 전만큼 사랑하지 않았다." 그러나 비틀스의 존 레논은 말했다. "당신이 진정한 여자를 만났다고 생각해보라. 친구들과 만나 술 마시고 당구를 치고 축구를 구경하고 싶겠는가. 누군가는 사랑과 친구를 다 유지할 수 있을지 모른다. 하지만 나는 그럴 수 없었다. 진정한 여인을 만난 순간, 그동안 맺어왔던 모든 인간관계들이 사라졌다. 어떤 의미도 찾지 못했다."

문제의 커플은 1966년 만났다. 일본 출신의 설치 미술가 오노 요코가 전시회 준비 차 런던의 인디카 갤러리를 찾아왔을 때였다. 친구의 소개로 그곳에 들렀던 존 레논은 인상적인 구조물 하나를 보게 되었다. 관객이 직접 못을 박는 작품이었다. 호기심이 동한 존 레논은 먼저 못을 박아도 되겠느냐 묻는다. 하지만 돌아온 오노 요코의 대답은 거절이었다. "오픈 전이라서 안 돼요."

대화를 지켜본 동료가 오노 요코에게 다가가 다급하게 말했다. "저 사람이 누군지 정말 몰라? 그는 백만장자야. 마음만 먹으면

이 갤러리를 살 수도 있다고!" 뒤늦게 존 레논을 알아본 오노 요코는 농담처럼 단서를 달았다. "내게 5실링을 주면 못을 박게 허락해줄게요." 그러자 존 레논이 대꾸했다. "내가 상상의 5실링을 줄게요. 그리고 상상의 못을 박아볼게요." 존 레논은 곧 바보처럼 못을 박는 흉내를 낸다. 그는 있지도 않은 돈을 주고, 있지도 않은 공구로 못질하면서 오노 요코를 웃게 만들었다.

우스운 장난 이후 관계는 급진전됐다. 당시 기혼자였던 존 레논은 아내 신시아 레논이 그리스로 휴가를 떠난 사이 오노 요코를 집에 초대한다. 사랑에 취한 그들은 얼마나 시간이 흘렀는지도 몰랐다. 휴가를 마치고 돌아온 신시아는 경악했다. 오노 요코가 자신의 잠옷을 입고 있는 것도 모자라 태연하게 차를 마시며 간결하게 인사를("Oh, Hi!") 건넸던 것이다.

스타는 피곤하게 산다. 스타뿐 아니라 주변 인물까지 피곤한 삶을 살아야 한다. 그들이 움직이는 곳마다 카메라가 따르고 기록이 남는다. 옷차림과 말 하나하나에 이르기까지 요란한 삼각관계도 다 노출되었다. 하지만 이혼 이후 존 레논 커플은 언론에 놀아나기 전에 언론을 활용할 수 있는 방법을 고민하기 시작했다.

'나는 평화를 전하고 싶습니다. 예술로, 그리고 노래로.'

1969년 3월 오코 요코와 존 레논은 결혼한다. 그리고 둘은 이상한 신혼여행을 준비한다. 암스테르담의 힐튼 호텔에 머무르며, 잠옷 바람으로 침대에 누워 아무것도 하지 않는 것이다. 이어서 캐나다 몬트리올의 퀸 엘리자베스 호텔에서도 일주일간 꼼짝도 하지 않았다. 그렇게 누워서 얘기하고 기자들을 상대하며 노래까지 만들었다. 이것을 '베드인 시위(Bed-In for peace)'라 이름 붙였다.

시위의 연장으로 자루를 뒤집어쓰기도 했다. 이를 배기즘(Bagism)이라 한다. 자루에 들어가 얼굴을 가린 채 말하고 들을 때면 상대방의 이야기를 순수하게 받아들일 수 있다는 것이다. 누워서 아무것도 하지 않는 사람, 자루를 쓰고 듣고 말하는 사람이야말로 원초적인 인간에 가깝다고 그들은 믿었다. 더 극단적인 방식도 있었다. 동반 나체 사진을 찍어 가장 순수한 인간을 표현한 것이다.

사실 좀 어이없기도, 우스꽝스럽기도 했다. 하지만 이들의 돌발 행동에는 단순하고 일관된 의미가 있었다. 그것은 근심이자 비판이었다. 그리고 평화를 촉구하는 메시지였다. 이 같은 사고방식의 전환은 존 레논과 오노 요코가 1960년대 미국 정부를 비판적으로 주시하면서 이루어졌다. 미국은 베트남에 개입해 전쟁을 주도했다. 게다가 비폭력 운동으로 1964년 노벨 평화상을 수상한 마틴 루터 킹 목사는 흑인 청소부의 파업을 지원하다가 암살당했다. 당대 미국 정치의 피도 눈물도 없는 야만을 접하면서, 분노하던 존 레논에게 음악은 더는 단순한 노래일 수 없었다. 자신의 음악이 예술적 성취를 이루면서, 음악을 감상하는 사람들에게 영향력을 행사할 수 있다는 걸 진지하게 생각하기 시작한 것이다.

그렇게 의식의 예술에 집중하던 때 나타난 동반자가 오노 요코였다. 다양한 도구로 세계관을 표현하는 것이 설치 예술가 오노 요코의 일이었다. 그녀의 작업은 자연스럽게 존 레논의 이상에 날개를 달아줄 수 있었다. 그들은 음악과 결합하고 때때로 음악과 분리되면서, 세상이 어떻게 변해야 하는지를 주장했다.

커플은 아주 간단한 방식으로 미국을 향한 설득에 나섰지만 미국 시민과 미국 정부는 달랐다. 존 레논은 "자국 영국에서 나는 비틀스를 내팽개친 인간으로, 오노 요코는 마녀로 인식된다. 그러나 미국의 시민은 우리의 세계를 환영하고 있다"며 미국에서 눌러 살고자 했다. 그러나 미국 정부는 마리화나 소지 등 다양한 이유를 들어 그들의 입국을 번번이 막았다.

평화가 절실해지는 순간이면 나오는 노래

⟨John Lennon/Plastic Ono Band⟩(1970)는 비틀스 해산 이후 존 레논이 발표한 첫 번째 앨범이다. 제목이 말해주듯 부부가 함께

John Lennon

지휘권을 가지고 제작한 작품이다. 앨범의 한편에는 노동계급의 이야기가 실려 있다. 현실 문제를 외면하지 않는다는 뜻이다. 그러다 허무주의와 무정부주의의 극단을 향하기도 한다. 'God'은 우리가 만나는 모든 존재를 부정하는 내용이 실려 있다. 노래는 신도, 엘비스 프레슬리도, 비틀스도 믿지 않는다고 주장한다. 오직 믿는 것은 자신이고 오노 요코뿐이라고 노래한다.

반대로 온화하게 세상을 노래하기도 했다. 이듬해 발표한 두 번째 앨범 〈Imagine〉(1971)의 대표곡이자 지금까지 애창되는

'Imagine'은 우리에게 거듭 질문한다. "천국이 없다고 상상해보라." "국가가 없다고 상상해보라." "모든 사람이 평화롭게 살아가는 것을 상상해보라." 'Imagine'을 두고 존 레논은 "궁극적으로 반 종교, 반 민족, 반 보수, 반 자본 같은 무거운 주제를 담고 있다"고 말했다. 하지만 그 무거운 주제는 그리 무겁지 않게 들린다. 존 레논의 표현에 따르면 '달콤하게 코팅된 노래'이기 때문이다. 이렇듯 'Imagine'은 한없이 감미롭고 따뜻한 손길로 뼈 있는 이야기를 들려준다. 존 레논이 수단과 방법을 가리지 않고 벌인 이벤트 가운데 가장 온화한 방식으로 평화를 말하는 곡이다.

오노 요코는 말했다. "혼자 꾸는 꿈은 그냥 꿈에 지나지 않지만, 함께 꾸는 꿈은 현실이 된다." 존 레논은 말했다. "나는 평생 그런 동반자를 꿈꿔왔다. 나와 함께 예술적으로 상승하는 관계를 꿈꿔왔다." 그러나 평화를 노래하던 커플의 이야기는 그리 길게 이어지지 못했다. 1980년 마크 데이비드 채프만이 존 레논을 저격하면서 그들의 이색적인 평화시위는 막을 내린다.

기행과 실험은 끝났을지언정 노래는 멈추지 않고 있다. 어느 시대에나 전쟁과 차별은 존재하고, 폭력은 어김없이 인간과 자연을 찾아와 삶을 황폐하게 만든다. 그리고 화합과 연대와 평화가 절실해지는 순간에, 세상 어디에서든 'Imagine'은 나타나고 또 불려진다. 그들은 영원히 필요하고 영원히 긴급한 노래를 남겼다.

resistance

1927년 미술가 벤 샨은 유럽을 여행하던 중
이탈리아 출신의 미국 노동자 두 명이
억울하게 살인의 누명을 쓰고
처형에 임박해 있다는 소식을 접한다.
그는 여행을 마치고 돌아와
7개월간 꼼짝 않고 그림을 그리기 시작한다.
총 23점이 완성되자 전시회를 연다.
시리즈의 제목은 〈사코와 반제티의 수난〉.

벤 샨은 가족과 함께 대공황을 겪으며
미국에 정착한 리투아니아 출신의 이주민, 그리고 유대인이다.
석판화공의 도제로 일하면서 야간 고등학교를 다녔던 그가
미국 이주노동자의 현실 또한 모를 리 없었다.

그러나 달라지는 건 없었다.
1927년 두 노동자는 형장의 이슬로 사라졌다.

예술이 정의를 바로 세운다

엔니오 모리꼬네 & 조안 바에즈 'The Ballad of Sacco & Vanzetti' (1971)

가장 폭력적인 오심, 그들은 살인하지 않았다

1894년 프랑스 육군 대위 드레퓌스는 스파이로 몰린다. 그는 자국의 군사 정보를 독일대사관에 팔아넘겼다는 혐의로 체포됐다. 증거는 불충분했고 결국 진범도 밝혀졌지만, 그는 누명의 세월을 살아야만 했다. 그가 유대인이었기 때문이다.

그로부터 30년이 채 지나지 않아 비슷한 사건이 터졌다. 1920년 미국 보스턴 근교 사우스 브레인트리의 한 제화공장에 두 명의 남자가 침입해 회계관리 직원과 경비를 죽이고 종업원들의 급료 16,000달러를 훔친 것이다. 사건의 용의자로 체포된 두 남자의 이름은 니콜라 사코, 바르톨로메오 반제티였다. 각각 제화공과 생선

행상으로 일하던 두 노동자는 이탈리아 출신의 이민자였다. 이탈리안 스파게티를 느끼하고 천박한 음식이라 비웃고, 이탈리아인들이 눈에 띄기만 하면 마피아가 아닐까 수군대던 시절이었다.

한편 두 노동자는 제1차 세계대전 참전 거부자였다. 또 무정부주의 단체 집회에 휴일마다 참석하던 조직원이기도 했다. 하필이면 체포될 당시 그들은 대중 집회의 연설문을 가지고 있었다. 하지만 사코와 반제티는 아메리칸 드림을 실현하고자 미국을 찾아와 일하던 순박한 젊은이일 뿐이었다. 이데올로기가 무엇인지도 모른 채 더 나은 세상이 찾아올 것이라는 분위기에 휩쓸려 어느 단체에 가입했을 뿐이다. 먹고 살기 위해 고국을 등지고 왔는데, 노동 강도는 가혹했고 임금은 형편없었으며 인종 차별이 난무하는 등 척박한 노동환경을 살아가야 했으니 말이다.

살인사건의 동기로는 불충분하다 해도 두 노동자의 출신과 배경은 편견과 루머를 완성하기에는 완벽한 조건이었다. 그들은 참전 거부자이자 시위 참석자였다. 국가의 부름에 응하지 않고, 삶과 사회 변화를 주장하면서 체제를 위협하는 위험한 친구들로 보였다. 마침 그들의 근거지에서 살인 사건이 터졌다. 그리고 사코와 반제티가 용의 선상에 떠올랐다. 사회적 위협세력에게 위협을 가하고 애국심을 고취하기에, 이들에게 누명을 씌우는 일만큼 간단하고 효율적인 본보기는 없었기 때문이다.

범행 현장에 그들이 있지도 않았다는 주변 사람들의 진술이 따랐다. 그러나 그것은 공허한 알리바이 취급만 받았다. 현장에서 발견된, 범인의 소지품으로 추정되는 모자를 사코가 써보기도 했지만 머리에 들어가지도 않았다. 법정에 선 증인들은 현장 사진을 제대로 구분하지도 못했고, 목격자들의 증언은 오락가락했다. 심지어 누군가 찾아와 자신이 살인했노라 자백하면서 범행을 모의한 무리들이 누구인지까지 밝히는 일도 있었다. 그래도 판결은 번복되지 않았다.

체포된 지 1년 후부터 본격적으로 재판이 진행됐지만 눈과 귀를 닫은 일방적인 심판일 뿐이었다. 재심을 요구하는 여론이 들끓었지만 대법원은 1927년 4월 사코와 반제티에게 사형을 선고했다. 그리고 그해 8월 두 남자는 전기의자에서 눈을 감았다.

1959년 진범이 체포됐다. 처형된 지 50년이 지난 1977년 매사추세츠 주지사 마이클 듀카키스는 공식적으로 사코와 반제티의 명예회복을 선언했다. 미국 역사상 가장 충격적인 오심의 기록이다.

분노가 예술가들을 일으킨다

두 남자의 사형집행을 앞두고 미국과 유럽에서는 연일 시위가 이어졌다. 노벨문학상 수상자 아나톨 프랑스, 극작가 버나드 쇼,

Ennio Morricone & Joan Baez

과학자 아인슈타인 등 당대의 지성들도 분노에 동참했다. 당시 파리의 미국 대사관 앞에는 성난 군중을 막기 위한 탱크가 배치됐을 정도다.

사건에 대한 기록과 해석도 쏟아졌다. 오페라, 연극, 다큐멘터리, 조각, 문학 등 숱한 예술의 영역들이 다양한 방식으로 사코와 반제티를 변호했다. 대표적으로 미술가 벤 샨은 〈사코와 반제티의 수난〉이라는 제목으로 23점의 작품을 공개했다. 1946년 포크 뮤지션 우디 거스리는 사건을 소재로 한 앨범 〈Ballads of Sacco & Vanzetti〉를 발표했다. 시간이 한참 흐른 1971년 이탈리아의 지울리아노 몬탈도 감독은 사건을 영화로 재구성했다. 완성된 〈사코와 반제티〉는 그해 칸영화제에서 남우주연상을 수상했다.

〈사코와 반제티〉에는 상징적인 두 음악인이 힘을 보탰다. 한 명은 이탈리아 영화음악계의 거장 엔니오 모리꼬네다. 그는 〈시네마 천국〉과 〈미션〉만큼이나 뛰어난 수작을 완성했다. 영화에서 잔잔하게 흐르던 선율 'The Ballad of Sacco & Vanzetti'는 영화 스코어답게 대작의 형태를 갖추고 3부로 구성된 작품이다. 서글프고 차분한 음률을 유지하며 영화의 내용과 감정을 세밀하게 따라간다.

한편 'The Ballad of Sacco & Vanzetti'는 단지 스코어로만 의미를 갖는 음악이 아니었다. 3부 구성 가운데 마지막 편에서 모리꼬네는 자신의 위대한 동반자를 소개한다. 희생된 두 남자의 엄숙한 죽음을 전하는 조안 바에즈다.

> 지금 니콜라와 바트 당신들은
>
> 우리 마음 깊숙한 곳에서 잠들어 있습니다.
>
> 당신들은 결국 죽었지만
>
> 그 죽음은 당신들의 승리를 일깨웁니다.
>
> — 조안 바에즈 'Here's To You'
>
> (부제: The Ballad of Sacco & Vanzetti Part 3) 중에서.

조안 바에즈는 노래를 부를 자격이 충분한 뮤지션이다. 그녀는 밥 딜런과 함께 1960년대 미국의 폭력적인 현실과 저항을 노래한 포크 무브먼트의 주역이다. 1964년에는 소득세의 60%에 따르는 세금을 내지 않겠다고 선언했다. 60%가 국방비로 쓰이기 때문이었다. 이듬해에는 베트남전을 중지하라는 메시지를 실어 백악관 앞에서 1인 시위를 벌였다.

전쟁과 인종차별 같은 사회적 모순은 그녀의 평생 화두였다. 약자를 상대로 한 사형 집행 또한 예외일 수 없었다. 어쿠스틱 기타와 청명한 목소리만으로 사회적 연대를 이끌어내는 영향력 있는 뮤지션에게, 시간이 한참 흘렀다 한들 미국 사회의 부조리를 상징하는 사코와 반제티가 찾아온 것은 당연한 일이었다.

세상은 왜 이들을 죽음으로 몰고 갔을까

이렇듯 사코와 반제티의 결백을 증명하고 사회 정의를 바로 세우려는 다양한 시도가 있었다. 하지만 시간을 돌려 보면 이 같은 이성적인 주장이 제대로 통하지 않던 시절이 있어 결국 그들은 죽었다. 그 무고한 죽음은 사회와 언론과 여론의 합작인 셈이다.

미국 보스턴 일대의 보수 인사들은 1894년 이민규제협회를 설립했다. 이것은 강력한 이민 반대 운동의 일환이다. 소수의 부유층이 삶을 위협받을 때마다 다수의 약자들을 의심하던 시절이었다. 지역 공동묘지에서는 묘비뿐 아니라 꽃까지 훔치는 부도덕한 범죄가 만연해 있었다. 사회 거물급 세력에게 폭탄이 배달되는 사건이 일어났다. 이럴 때면 용의자는 늘 이민자이거나 혁명분자로 좁혀졌다.

20세기 전후로 미국은 이미 소련의 혁명에 긴장하고 있었다. 혁명은 미국 자본주의 사회의 근간을 흔들어놓는 일이었기 때문이다. 미국은 체제를 안전하게 유지하려면 반동가들을 제거하는 일에 집중해야 했다. 내가 죽기 전에 먼저 죽여야 한다는 인식이 팽배할 만큼 미국 토착세력, 그리고 유입된 외국인과 혁명세력이 팽

팽하게 대립하고 있었다.

이어 사코와 반제티가 직격탄을 맞은 1920년대는 심각한 경제 불황의 시기였다. 유럽의 전쟁이 끝나고, 고향으로 돌아온 참전 용사들에게 일자리는 턱없이 부족했다. 게다가 사코와 반제티 같은 수백만의 유럽 이민자들이 일시에 미국으로 몰려들었다. 미국인의 입장에서 외국인 노동자들이란 자신의 밥그릇을 빼앗는 무리에 지나지 않았다. 불안한 정치와 경제 상황은 숱한 노사분규를 일으켰다. 여론은 사건과 범죄를 좌익과 노동자에게 전가하려는 분위기에 휩쓸렸다.

어수선한 시절, 일자리를 찾아 미국 땅을 밟은 노동자 가운데는 사코와 반제티도 있었다. 흔한 노동자였던 사코와 반제티는 죽음을 목전에 두고 사회의 야만에 눈을 떴다. 반제티는 한 인터뷰를 통해 이렇게 이야기했다. "이런 일이 없었다면 나는 내세울 것 없고 이름 없는 실패자로 죽었을 것이다." 사회적인 관심 속에서 전보다 성숙해지고 치열해진 그는 시적인 언급을 남기기도 했다. "내 자유는 모든 이의 자유 속에, 내 행복은 모든 이의 행복 속에 있다."

시대, 그리고 시대의 정치와 법률은 그들의 자유와 행복을 이해하지 못했다. 그리고 예술이 그들의 자유와 행복을 지지하기 시작했다. 세상의 분노에 동참하면서, 더는 그릇된 전철을 밟아서는 안 된다며 예술은 입을 열었다. 시대가 죽인 사코와 반제티를 예술이 살리고 추모한 것이다.

resistance

1930년, 사진작가 로렌스 베이틀러는
미국 인디아나 마리온에 찾아가 어느 시체를 촬영한다.
사진 속 사망자의 이름은 토마스 십과 아브라함 스미스.
알 수 없는 이유로 여러 백인들에게 집단 폭행을 당했고
맞아 죽은 것도 모자라 나무에 대롱대롱 매달려 있었다.
그들의 피부는 검은색이었다.

사진이 세상에 공개되어 충격을 안겨주자
1936년 어느 시인의 마음도 흔들렸다.
교편을 잡고 있을 때는 '아벨 미로폴'이라는 본명을 쓰고
시를 쓸 때는 '루이스 알렌'이라는 이름을 쓰던 그는
마침내 펜을 들었다.

"남쪽 지방에 나무에는 이상한 열매가 열렸네.
잎사귀와 뿌리에 흥건한 피.
검은 몸뚱이가 남풍을 받아 흔들리네.
포플러 나무에 매달려 있는 이상한 열매들."

이상한, 아니 참혹한 열매 이야기

빌리 홀리데이 'Strange Fruit' (1939)

비이성의 시대를 사는 사람들

우리는 '린치를 가했다' 혹은 '린치를 당했다'는 표현을 쓴다. 보통 한 방 먹었다는 의미로 받아들이지만 실은 맞아 죽었다는 뜻이다. 미국 법령이 린치를 구체적으로 정의하기를, "2인 이상이 타인의 신체에 가해 사망에 이르게 한 모든 유형의 폭력 행위"를 말한다. 그리고 다수가 저지르는 폭력이므로 사전 모의를 바탕으로 한 체계적인 범죄다.

린치는 고유명사에서 왔다. 1774년 미국 버지니아 주의 치안판사로 부임한 찰스 린치(Charles Lynch, 1736-1796)가 만든 법이다. 법이 만들어진 시기는 동부와 서부의 경제, 문화적 격차가 크던

18세기 서부개척 시대로 거슬러 올라간다. 이미 안정에 이른 동부와 달리 개발이 시작된 서부에는 사법기관이 턱없이 부족해 범죄 대처력이 떨어졌다. 그래서 사형법이 만들어진다. 용의자라고 판단되면 적법절차를 생략하고 바로 사형을 집행하는 것이다. 미국에서 사형법은 지금까지도 만든 이의 이름을 따라 린치법(lynch law)이라 불린다.

시간의 흐름 속에서 린치의 의미는 바뀌었다. 오늘날까지 미국에서 린치는 법원의 사형 판결이 아니라 일상에서 무차별 폭력을 가해 살인하는 행위, 즉 사적 처벌로 통한다. 계기가 된 시기는 흑인이 투표권을 얻은 미국의 남북전쟁(1861-1865)이다. 흑인이 정치에 참여할 수 있게 되자 감히 투표장을 기웃거린다는 이유로 흑인들이 죽을 때까지 맞는 사건이 여기저기서 터졌다. 백인 지성의 사고방식으로, 애초부터 흑인은 노예였으므로 인권 따위는 없다고 믿었기 때문이다.

린치는 빈번하게 일어났다. 몇 해 전 미국 터스키기 대학교에서 공개한 논문에 따르면 1882년에서 1968년 사이 3,446명의 아프리카계 미국인이 린치를 당했다. 그 가운데 159명은 여성이었다. 린치에 대한 공식적인 심판조차도 뒤늦게 이루어졌다. 1930년대부터 본격적으로 린치에 대한 처벌에 나섰고 1950년대에야 완전히 금지되었다. 하지만 1960년대까지도 린치는 지속되었다고 논문에서는 이야기한다.

단지 죽이는 게 끝이 아니었다. 분노한 백인들은 린치를 당해 죽은 시신을 화형하거나 나무에 매다는 행위도 서슴지 않았다. 그러나 흑인들은 신고조차도 두려운 일이었다. 범행에 가담한 이들을 부르는 법정도 없었다. 백인과 흑인이 함께 버스에 탑승할 수조차 없었던 비이성의 시대에, 그들은 언제 죽을지 모르는 생을 붙들고 겨우 살아갔다.

그렇게 모두가 자포자기하고 수수방관하고 있을 때, 발언을 결심한 사람이 있었다. 교사로 일하면서 가끔 시를 쓰던 루이스 알렌이다. 그는 두 명의 흑인 린치 사건을 다룬 시 'Strange Fruit'을 1936년 잡지 〈뉴욕 티처〉를 통해 처음 공개했다. 어느 정도 반응을 얻자 참상을 알리기 위해, 시를 띄울 만한 노래가 필요하다고 느꼈다. 작곡가를 수소문했지만 쉽지 않았다. 그는 결국 직접 곡을 쓴다. 허나 노래를 부를 가수를 찾는 일도 쉽지 않았다. 그러던 중 시인의 시야에 어떤 가수가 들어왔다. 빌리 홀리데이였다.

진실은 허구보다 잔인하다

작곡가는 물론 가수를 찾기 어려웠던 이유는 모두가 두려워했기 때문이다. 처음 악보를 받아 노래를 부르기 시작했을 때, 빌리

Billie Holiday

홀리데이는 보복의 불안에 떨었다고 말한다. 그녀에게 'Strange Fruit'은 폐렴 말기로 고생하다 흑인 환자에게 병실을 내주지 않는 병원 때문에 죽은 아버지가 생각나는 노래였다. 아버지의 비참한 죽음이 떠올라 오래 망설였지만, 고민 끝에 부르기로 결정했다. 자신의 인생과 다를 바 없는 노래였고, 어쩌면 노래가 세상을 바꿀 수 있다고 어렴풋하게나마 믿었기 때문이다.

빌리 홀리데이는 'Strange Fruit'을 부르며 애써 슬픔을 밖으로 터뜨리지 않았다. 남의 일인 것처럼 읊조리듯 담담하게 소화했다. 능숙하게 노래한 'Strange Fruit'은 호응을 얻으며 빌리 홀리데이가 활동하는 클럽의 송가로 떠오른다. 그녀가 일하는 클럽의 대표는 노래를 위한 완벽한 환경을 만들어주었다. 그는 그녀와 클럽에서 일하는 모든 이들에게 공지했다. "첫째, 모든 공연의 마지막 곡으로 부를 것. 둘째, 노래하는 동안 모든 웨이터들은 서비스를 중단할 것. 셋째, 모든 조명을 끄고 빌리 홀리데이에게만 스포트라이트를 비출 것. 넷째, 앙코르를 거부할 것."

'Strange Fruit'은 모두가 숨죽이고 집중하는 노래가 됐지만, 클럽의 바깥으로 나아가는 일은 쉽지 않았다. 노래 반응을 확인하고 처음 녹음을 제안한 레코드사의 프로듀서조차 입장을 바꿨다. 기껏 녹음해봐도 라디오 방송국이 틀지 않을 게 뻔하다고 생각했기 때문이다. 여러 시도 끝에 빌리 홀리데이는 밀트 게이블러라는 프로듀서를 만난다. 무반주로 부르는 그녀의 노래는 그의 눈을 적시고 마음을 움직였다. 곡을 쓰고 부르는 과정 모두가 힘겨웠던 'Strange Fruit'은 1939년과 1944년 두 차례 녹음됐다.

혹인의 노래를 우리는 보통 소울로 이해한다. 타고 나기도 했고 연마하기도 했을 풍요로운 성량을 기반으로, 능란하게 리듬을 타는 음악을 소울이라 말한다. 빌리 홀리데이는 전형적인 소울 보컬리스트는 아니었다. 고음과 기교를 경합하는 일반적인 소울 가수들과 달리 선천적으로 큰 소리를 낼 수 없어 주로 저음으로 노래했기 때문이다. 하지만 다른 미덕이 있었다. 정식 교육을 받지 않고 홀로 노래를 익힌 그녀는 모든 코드와 선율을 규칙 없이 기발하게 해석할 줄 알았다.

빌리 홀리데이의 자유로운 노래는 금방 호흡이 끊어질 것만 같다가도 자연스럽게 끝을 향해 흘러갔다. 더없이 불안한 듯 자유로운 음악, 한없이 우울하지만 결국은 아름다운 음악이 그녀의 몸을 타고 흘러나왔다. 그건 재즈였다. 노래하는 이가 즐겁고 듣는 이가 즐거운 흥의 음악이 아니었다. 통째로 자신의 인생을 반영하는 진실의 노래, 순간의 감정을 여과 없이 드러내는 즉흥의 노래였다. 그리고 혹인 공동체의 사실적인 스토리가 탁월한 실력의 보컬리스트를 찾아왔다.

'Strange Fruit'은 빌리 홀리데이의 싱글 가운데 가장 많이 팔린 작품이다. 그토록 열띤 호응을 얻었지만 정작 노래가 끝날 때마다 빌리 홀리데이는 언제나 침울해했다고 동료들은 회고했다. 'Strange Fruit'은 모든 흑인을 위로하는 노래였다. 하지만 동시에 모든 흑인이 절망하게 되는 노래였다.

세상에서 가장 슬픈 목소리, 빌리 홀리데이

에디뜨 피아프의 전기영화 〈라비앙로즈〉에서 그녀는 말한다. "오늘 빌리 홀리데이 공연이 있다면서. 나랑 똑같은 해에 태어났다지?" 두 여성 보컬리스트는 동질감을 느낄 수밖에 없었다. 각각 프랑스와 미국을 대표하는 가장 불행한 가수로 손꼽힌다. 넉넉하지 못한 가정에서 태어난 두 가수는 어린 시절 생존을 위해 사창가를 전전해야 했다. 심지어 빌리 홀리데이는 어머니와 거리에서 함께 '영업'하던 시절도 있었다.

사회적 약자로 살아가던 불우한 십대 시절, 에디뜨 피아프와 빌리 홀리데이 모두 누명을 쓰고 억울하게 감옥에 간 적이 있다. 남녀관계도 늘 위태로워서 둘 다 잦은 결혼과 이혼을 겪었다. 노래로 명성을 쌓으며 거리의 삶은 무대의 삶으로 바뀌었지만, 화려한 무대가 끝나면 거리에서 배운 술과 약을 곁에 두고 살아야 했다. 그리고 그 약과 술로 세상과 작별했다.

빌리 홀리데이는 엘리노아 페이건이라는 이름으로 1915년 태어났다. 당시 엄마는 열세 살, 아버지는 열여섯이었다. 아버지는 그녀가 태어나기도 전에 유랑극단에 몸을 싣고 사라졌다. 어머니는 백인 가정에서 일하던 하녀였다. 가난은 세습되고, 그녀 또한 하녀로 일하다가 백인 남성 딕크에게 성폭행을 당한다. 신고했지만 소용없는 일이었다. 감히 백인에게 내든 불량소녀로 몰려 감화원으로 가게 되었을 뿐이다.

옥살이를 마친 후에도 달라지는 건 없었다. 빌리 홀리데이는 먹고 살기 위해서 어쩔 수 없이 사창가로 갔다. 지옥 같은 삶의 사슬을 끊고 싶어 클럽을 찾아가 댄서로 응모하지만 춤에 재능이 없었다. 다행스럽게도 노래를 불러보라는 주문이 있었고, 그녀가 순간적으로 터뜨린 노래가 클럽 운영자의 마음을 움직인다. 주급 18달러짜리 가수의 삶이 시작된 것이다.

노래는 누군가 가르쳐준 적이 없는 분야였다. 그래서 마음대로 불렀는데, 남달리 표현의 폭이 넓었던 그녀의 노래는 인생을 송두리째 바꿔놓는다. 클럽에서 서서히 인기를 얻기 시작한 것이다. 새로운 이름도 얻었다. 처음에는 좋아하던 배우 빌리 도브와 아버지의 성 홀리데이를 붙여 이름을 바꾸고 무대에 섰다. 노래를 마칠 때마다 청중들이 팁을 던졌지만 빌리 홀리데이는 그걸 줍지 않았다. 가슴팍이 보일까 봐 그랬다는데, 도도한 여자 같다 해서 '레이디 데이' 라는 별명이 붙었다. 이후부터 청중 사이에서는 함부로 그녀에게 돈을 던지지 않고 손에 쥐어주는 문화가 생겨났다.

클럽의 인기스타가 됐지만 도약은 어려웠다. 때때로 보스턴 같은 대도시를 찾을 때면 함께 무대에 서는 백인 연주자들의 조롱을 당해야 했다. 도시 사람들은 틀을 깨는 그녀의 신선한 노래에 감동했지만 그래봐야 그녀를 노래하는 노예 정도로만 취급할 뿐이었다. 청중의 주문은 이런 식이었다. "그 흑인 열매인지 뭔지 대롱대롱 매달렸다는 그 노래 한 번 불러 봐."

고급 호텔 공연이 잡혀 있을 때, 흑인인 그녀는 정문으로 출입할 수 없었다. 주방을 연결하는 쪽문으로 드나들어야 했다. 그게 호출을 받아 미국 전역을 오가며 노래하던 인기 가수의 삶이었다. 병실을 찾지 못해 사망한 아버지와 다르지 않았던 인생이다. 모욕을 달래주는 친구는 몇몇 동료들, 그리고 죽을 때까지 그녀 곁에 있어준 마리화나였다.

빌리 홀리데이의 노래에는 분기점이 있다. 심하게 약에 절어 허스키한 소리를 내던 때를 후반기로 구분한다. 그렇게 죽음에 임박한 채로 노래하던 시기다. 목소리는 갈라졌지만 음악적 본질은 더욱 선명해졌다. 애처롭게 울려 퍼지는 쉰 목소리가 그녀의 삶, 그녀의 사회를 한층 적나라하게 묘사한다. 누군가 맞아 죽고, 대롱대롱 매달려 두 번 죽어가던 끔찍한 비이성의 시대를.

resistance

영화 〈건축학개론〉 속 건축과 교수는 말한다.
"건축학개론이란 어렵지 않아.
애정을 갖고 내가 살고 있는 곳을 살펴보면서
기억을 만들어가는 것이지."

건축학개론은 음악에도 적용된다.
낭만적으로, 그리고 뜨거운 방식으로
몸담고 살아가는 땅이 얼마나 아름다운지,
소중한 삶의 터전을 어떻게 지켜야 하는지를
음악으로 표현한 예술가가 있었으니까.

그 땅은 체코의 서부 체히다.
그리고 그 땅을 선율로 담아낸 인물은
체코의 민족음악가 스메타나다.

음악이 곧
민족이요
독립이다

스메타나 〈나의 조국〉(1879)

자유의 땅 '보헤미아', 그 속에 담긴 슬픈 역사

체코로 떠나기 전에 일단 위치와 지명에 익숙해지기로 하자. 체코는 북쪽으로 독일과 폴란드, 남쪽으로 오스트리아를 끼고 있다. 체코의 동부는 모라비아(Moravia), 서부는 체히(Cechy)라 불린다. 기원 후 1세기 경 서부 지방에 정착한 이들은 켈트 계통의 보이족(Boii, 혹은 Boiohaemum)이었는데, 이 부족의 이름을 따라 체히는 독일어로 뵈멘(Böhmen), 불어로 보엠(Bohême), 그리고 라틴어로 보헤미아(Bohemia)라 불렸다.

시간이 흘러 보헤미아는 새로운 의미를 얻는다. 바로 우리가 일반적으로 이해하는 보헤미안이라는 용어의 기원이다. 보헤미안은 집시의 다른 이름으로, 관습에 얽매이지 않는 세계관을 가진 이들을 뜻한다. 19세기 유럽과 미국의 작가들이 변화하는 현실을 관찰하고 작품을 완성하는 과정에서 익숙해진 표현으로, 부르주아의 품위와 반대되는 무욕과 쾌락의 삶을 뜻하는 용어다.

그들을 보헤미안이라 부른 이유는 단순했다. 소박한 삶을 추구하는 경향이 중부 유럽에 사는 집시의 영향인 줄 알았기 때문이다. 하지만 예나 지금이나 집시는 전 세계에 분포된 유랑 집단이다. 산업 발전에 의문을 품고 세속적인 성공을 부정하는 19세기의 신 유럽인들은 이 자유로운 삶이 신비롭고 아득한 땅이 알려 준 지혜라 믿고 싶어했다. 하지만 세월이 흐르며 이러한 착각을 이성적으로 바라보게 된다. 영국의 작가 아서 랜섬은 보헤미안을 가장 구체적으로 정리한 사람이다. 1907년 그는 이렇게 썼다.

"보헤미아는 어디에나 있을 수 있다. 그것은 장소가 아니라 마음의 태도다."

이렇듯 체히, 즉 보헤미아는 이웃 국가들에게 낭만과 환상을 심어준 나라였다. 그러나 내막을 들여다보면 언제나 나약하고 고달팠던 땅이다. 보헤미아는 1620년부터 제1차 세계대전이 끝날 때까지 약 400년간 오스트리아 제국의 그늘에 있었다. 오랜 지배를 받아 언어와 문자까지 사라져가고 있을 때, 혁명의 바람을 타고 세상과 움직이기 시작한 예술가들이 있었다.

보헤미아의 독립을 꿈꾸는 위대한 음악가, 스메타나

2005년 체코 TV의 어느 채널에서는 '가장 위대한 체코인'이라는 주제로 설문조사 결과를 발표했다. 순위 안에는 두 명의 작곡가가 있었다. 9위에 오른 드보르작(1841-1904), 11위 스메타나(1824-1884)다.

스메타나의 대표작 〈팔려간 신부〉는 체코의 전설을 토대로 만든 오페라다. 그가 말년에 발표한 〈나의 조국〉은 체코의 서부를 가로지르는 몰다우 강을 비롯해 보헤미아의 아름다운 자연을 소재로 한 교향곡이다.

스메타나가 이끄는 오케스트라 단원 출신의 음악가 드보르작도 그와 비슷한 길을 걸었다. 드보르작도 보헤미아의 역사와 문화를 자신의 음악에 심는다. 체코 고유의 민속음악을 다룬 드보르작의 대표작 '슬라브 무곡(Slavonic Dances)'은 해석음악의 새로운 경지를 열었다는 평가를 받는다.

스메타나와 드보르작의 체코는 우리의 상상과 달랐다. 우리는 흔히 체코 하면 먼저 아름다운 수도 프라하를 떠올린다. 그러나 체코는 예로부터 바람 잘 날이 없었던 땅이다. 현재와 가장 가까운 역사부터가 분열로 시작된다.

체코슬로바키아는 제2차 세계대전 후 독일에서 독립한 공화국이다. 피지배의 늪을 벗어나 새로운 역사를 쓰기 시작했지만 그리

Bedřich Smetana

길게 가지 못했다. 공화국은 민족과 문화, 언어의 차이로 늘 대립해왔다. 체코 지역은 산업화된 오스트리아와 밀접해 있었고, 슬로바키아 지역은 헝가리와 함께 농업 문화를 고수해왔기 때문이다. 늘 갈등하던 두 지역은 1993년 1월 1일 각각 체코와 슬로바키아로 분리된다.

체코슬로바키아 공화국은 소비에트 연방을 따라 인민 공화국 체제를 유지하고 있었다. 그리고 이데올로기는 유지하면서 시민의 경제와 정치에 더 많은 자유를 주고자 부분적인 개혁을 단행한다. '인간의 얼굴을 가진 사회주의'라는 기치로, 시민 스스로가 '프라하의 봄'이라 부른 1968년의 대대적인 시민운동이었다. 하지만 프라하의 봄은 곧 동유럽 공산국 전반에 미칠 파장을 우려한 소련의 탱크와 군화에 무참히 짓밟히고 만다.

공화국 이전에도 혁명은 있었다. 1848년 프랑스 혁명을 시작으로 새로운 바람이 유럽 사회를 뒤덮었을 때, 오랜 세월 오스트리아 제국 합스부르크 왕조의 속국이었던 보헤미아에서도 개혁이 시작됐다. 독립을 향한 보헤미아의 열망은 지식인을 중심으로 급속하게 퍼져 나갔다. 예술가들 또한 마찬가지였다. 막 작곡가로 이력을 쌓기 시작한 20대 청년 스메타나도 혁명에 참여한 인물이다.

혁명이 일어난 그해, 스메타나는 보헤미아의 국가 경호대를 위한 행진곡 두 곡을 만든다. 프라하 대학생들의 단체시위에 음악으로 참여하기도 했다. 예술을 통한 사회 참여에 일찍 눈뜰 수 있었던 이유는 친구의 영향이다. 보헤미아의 혁명을 주도하던 시인 카렐 하블리체크 보로프스키(Karel Havlíček Borovský)는 그의 오랜 친구였다. 그렇게 문인들은 언어로 혁명을 이끌었고, 음악인들은 선율에 자국의 정체성을 실었다.

그러나 그해 6월 오스트리아의 무력으로 혁명은 진압된다. 보헤미아는 다시 속국으로 돌아갔다. 오스트리아는 스메타나를 문제적 인물로 압박하기 시작했다. 게다가 스메타나의 가정 또한 위기를 맞았다. 어린 두 딸이 고열과 씨름하다 세상을 떠났다. 스메타나는 슬픔을 다스리고자 잠시 민족음악 활동을 접고 피아노 삼중주 소품 하나를 작곡한다. 하지만 그에게 돌아온 것은 비평가들의 매몰찬 혹평이었다. 모차르트 연주 공연도 기획했지만 역시나 따가운 반응만 쏟아졌다. "그의 연주자로서의 기량은 쇼팽이나 리스트와 비교될 만큼 뛰어나지만, 그의 사적인 결함들이 음악에 반영되어 작품이 힘을 잃는다"는 것이 평가 내용이었다.

그가 지지한 혁명은 실패로 끝났다. 아이를 잃은 깊은 슬픔으로 만든 진실한 음악은 감정 과잉이라는 냉혹한 평가를 받아다, 스메타나는 더는 견딜 수 없었다. 그는 짐을 꾸리면서 아버지에게 편지를 쓴다. "아무래도 프라하는 나를 인정하지 않는 것 같습니다. 그래서 떠납니다."

음악으로 그려낸 보헤미아의 영혼, 〈나의 조국〉

1856년 스메타나는 음악적 대안을 찾아 스웨덴의 예테보리 (Gothenburg)로 갔다. 그의 동료 리스트가 말하기를, 예테보리는 음악적 황무지였지만 필하모닉 지휘자로 그를 고용했을 만큼 스메타나의 능력을 인정한 곳이다. 스메타나는 이미 무정부주의자가 되어 있었다. 조국의 어지러운 정치와 완전히 담을 쌓고 학교를 설립해 후예들을 양성하며 지휘자로 왕성하게 일했다. "나는 프라하에서도 이룬 게 아무것도 없으니, 어떤 곳이어도 상관없다"는 것이 그의 생각이었다.

그러나 스메타나는 음악에 집중할 수 없었다. 1860년대에 이르자 보헤미아의 정치적 운동은 더 격렬해졌다. 그러던 중 독립 운동의 핵심 인물이었던 문인 친구 카렐이 죽었다는 전보가 그에게 날아왔다. 한때 스메타나를 내쳤던 조국은 상징적인 의미에서 그를 원하고 있었다. 스메타나는 다시 짐을 싼다. 프라하로 돌아오자 그의 사고방식과 음악은 전보다 뜨거워졌다. 그는 독일어로 교육받았지만, 나이 마흔에 체코어 공부를 시작했다.

하지만 안타깝게도 스메타나의 건강이 나빠지고 있었다. 청력장애는 곧 정서불안으로 이어졌고, 말년에는 정신병원에서 생을 마감하게 된다. 건강이 나빠질수록 스메타나는 작품과 조국에 필사적으로 매달렸다. 대표적으로 〈팔려간 신부〉는 돌아온 조국에서 문인들과 함께 손잡고 민족 문화의 부흥을 담은 작품이다. 〈나의 조국〉은 스메타나의 이상과 열망을 모두 실은 대작이다. 원래 3부작으로 시작했으나 1873년부터 1880년까지 7년의 세월을 거쳐 6악장으로 늘어난 열정의 작품이다.

〈나의 조국〉은 악장별로 '비셰흐라트(Vyšehrad)' '블타바(Vltava, 주로 '몰다우'라 불린다)' '샤르카(Šárka)' '보헤미아의 숲과 초원에서(Zčeský luhů a hájů)' '타보르(Tábor)' '블라니크(Blaník)'라는 소제목이 있다. 비셰흐라트는 몰다우 강변에 있는 옛 성의 이름이다. 몰다우는 프라하를 가로지르는 강이다. 샤르카는 전설에 등장하는 캐릭터의 이름으로, 연인에게 버림받은 후 숲에서 살아가면서 복수를 꿈꾸는 인물이다. 타보르 또한 보헤미아의 지명이다.

소제목이 말해주는 것처럼, 〈나의 조국〉은 보헤미아의 자연과 전설을 이야기하는 향토적인 작품이다. 선조들이 살았고 후예들이 살아가야 할 아름다운 땅을 스스로 지켜야 한다는 메시지를 전한다. 특히나 2악장 '몰다우'(체코어로는 '블타바 Vltava 보통 독일 지명인 '몰다우'로 표기한다)는 가슴이 뭉클해질 정도로 아름다운 선율로 지금까지도 사랑받는 레퍼토리다.

스메타나는 여러 수식이 붙는 음악가다. 〈나의 조국〉을 남긴 덕에 영원한 체코음악의 아버지, 독립을 다룬 클래식음악의 선구자라 불린다. 국민악파음악의 역사를 쓴 인물로도 꼽힌다. 독일, 프랑스, 이탈리아를 중심으로 낭만파음악이 크게 융성할 때, 스메타나는 드보르작과 함께 드물게 민족음악을 고수한 음악가였다.

그는 처음 발견한 음악적 영감으로 젊은 날의 시골 여행을 꼽는다. 평화롭고 아름다운 여정 구석구석에서 그는 보헤미아인의 성향과 관습을 담은 오래된 노래를 발견했다. 입으로 전해진 전설과 민담도 접했다. 오스트리아가 보헤미아의 영토와 언어를 빼앗았지만, 오랜 역사까지 완전히 장악하진 못했다는 사실을 확인한 것이다. 여행에서 얻은 깨달음을 작품에 실었다. 그는 민속음악을 통해 민족음악의 지평을 열었다.

보헤미아의 아름다운 자연을 다룬 〈나의 조국〉은 프라하에 헌정됐다. 프라하, 더 나아가 보헤미아에 바치는 곡이다. 언제나 독립과 자유를 꿈꾸던 보헤미아인의 역사를 반영하는 곡이다. 우리는 그 유명한 '프라하의 봄'을 1968년 일어난 소련과의 뼈아픈 민주화 투쟁으로 기억한다. 하지만 원래는 그렇지 않다. '프라하의 봄'은 체코 필하모닉 결성 50주년을 기념해 1946년부터 매년 5월 프라하에서 주최되는 음악제다. 지금까지 개막일에는 스메타나의 〈나의 조국〉이 연주된다.

3장

음악, 아름다운 선율 뒤에 가리어진 섬뜩한 진실

─ 죽음에서 태어난 노래 ─

death

"하나, 둘, 셋, 제 목소리 들리나요?"
1906년 12월 24일 미국 북동부 근해,
어느 선박의 무전기를 통해
처음으로 인간의 목소리가 주파를 탔다.

캐나다 출신의 발명가, 레지널드 페선던이
대서양을 오가는 여러 척의 배에
"성탄절 이브에 있을 이벤트에 주의를 기울여 달라"고
전날 모스전신부호를 보낸 후였다.

그는 마이크 테스트에 이어
원통형 에디슨 축음기로 헨델의 '라르고'를 띄운 후
직접 바이올린으로 연주한 구노의 '거룩한 밤'을 들려주었다.
암흑 속 성난 파도를 뚫고 320km 떨어진 곳까지 들렸다.

'교신'이 아니라 '교감'하는
인류 최초의 라디오가 등장한 순간이었다.

라디오의 살아 있는 죽음

버글스 'Video Killed The Radio Star' (1979)

라디오의 1차 위기, MTV 시대의 개막

라디오가 등장하기 전까지 뉴스는 교통수단과 같은 속도로 전해졌다. 대량으로 찍은 신문과 잡지가 화물칸에 실려 목적지에 도착해야만 정보를 얻을 수 있었다. 라디오를 발명한 페선던은 뉴스의 전달 속도를 획기적으로 줄인 인물이다. 수신기가 있고 주파수를 안다면, 주파가 닿는 범위 안에서 누구나 동일한 속도로 동일한 내용을 알 수 있었다. 빛의 속도로 이동하는 전파를 이용한 결과, 송신과 수신이 동시에 이루어지는 새로운 매체가 등장한 것이다.

페선던의 위대한 실험 이후 라디오는 뉴스뿐 아니라 엔터테인먼트까지 다루는 포괄적인 매체로 나아갔다. '편성(programming)'

이라는 개념의 출발이다. 1920년부터 본격적으로 대중을 상대하면서, 채널별로 혹은 시간대별로 청취자의 구미에 맞는 다양한 정보를 다루기 시작한 것이다. 미국에 이어 프랑스는 1921년, 영국은 1922년, 독일은 1923년에 라디오를 처음 선보였다. 한국은 1927년 경성방송국을 통해 세계에서 여섯 번째로 라디오 방송을 개국했다. 1925년 미국 시카고의 한 라디오국에서는 코미디 쇼를 처음 소개하기도 했다.

이렇듯 초기 시절의 라디오는 노래와 연기 같은 예능으로 청취자와 소통했다. 신문의 역할은 더 중요했다. 라디오는 전쟁과 같은 유사시에 가장 빠르게 세계 뉴스를 전달해주는 창구였다. 하지만 시간이 흐르고 기술이 발전하면서 라디오에 대한 인식은 달라졌다. 라디오가 출현한 지 50년이 지나 라디오를 추억이라 말하는 가수가 등장했다. 미국 그룹 카펜터스(Carpenters)의 히트곡 'Yesterday Once More'(1973)는 라디오를 낭만적으로 회상하는 노래다.

> 어릴 적 라디오를 듣곤 했지.
> 좋아하는 노래가 나오길 기다리면서
> 따라 부르며 미소 짓던 시절.
> - 카펜터스 'Yesterday Once More' 중에서.

라디오의 위기는 1950년대부터 보급된 TV로부터 시작됐다. 세계는 1980년대 초반부터 컬러 TV에 익숙해졌다. 기술의 진보, 매체의 확대 앞에서 가장 긴장했을 직업군은 뮤지션이었을지 모른다. 그동안 라디오를 통해 자신의 노래를 홍보하면서 명성을 쌓아왔는데, TV가 자신의 기반을 빼앗은 거나 다름없었기 때문이다.

1979년 영국 밴드 버글스(The Buggles)는 'Video Killed The Radio Star'를 발표한다. 제목이 말해주듯 라디오를 이미 죽은 매체라고 단정한 노래다. 하지만 버글스는 절망에만 집중하는 패배자가 아니었다. 그들은 쿨했다. 자신을 비롯한 동료들의 위기를 이야기하지만, 유쾌한 멜로디와 명랑한 목소리를 잃지 않았다.

1952년, 라디오에서 흘러나오는 네 목소리를 들었어.

누워 있었지만 정신을 차리고 네 목소리에 귀를 기울였지.

… 그들(세상)은 너의 두 번째 공연을 극찬했어.

새로운 기술로 만든 기계가 재방송을 해준 덕분이지.

비디오가 라디오 스타를 죽였네, 비디오가 라디오 스타를 죽였네.

내 마음속에서나 차 안에서나 과거로 돌아갈 수는 없어.

우린 너무 멀리 와 버렸으니까.

… 그래서 VCR를 원망했어.

— 버글스 'Video Killed The Radio Star' 중에서.

The Buggles

라디오의 사망이 기정사실화된 시점은 TV가 완전히 라디오의 역할을 대체하면서다. 1970년대 후반 'QUBE 서비스'가 개발됐다. 프로그램을 만드는 사람과 보는 사람이 실시간으로 소통할 수 있는 혁신적인 기술이다. 이 시스템을 이용하면 모든 시청자가 프로그램의 지시에 따라 전화투표를 할 수 있었고, 자신의 취향을 이야기할 수 있었다. 신청곡과 사연을 적은 엽서를 TV와 전화로 바꿔놓은 것이다.

이 같은 쌍방향 기술을 통해 1981년 8월 1일 미국 케이블 채널에서 MTV가 개막했다. MTV는 24시간 뮤직비디오를 방영해주는 '음악 텔레비전(Music TV)'을 표방한 방송이다. 디스크자키(DJ)가 아닌 비디오자키(VJ)라는 신종 직종이 생겼다. "음악을 다르게 즐기는 방법(You'll never look at music the same way again)"과 "스테레오로 즐기는 위성방송(On Cable, In Stereo)"이라는 슬로건도 붙었다. 음악을 접하는 방법을 바꿔놓는 일대 혁명이었다. 방송국 개국 당시 제작한 영상은 이들의 야망을 제대로 보여준다. 아폴로 11호가 처음으로 달에 착륙했던 순간을 편집해 내보냈다.

MTV 개국 날 자정에 처음 흘러나온 노래, 즉 채널의 첫 번째 뮤직 비디오가 버글스의 'Video Killed The Radio Star'였다. 노래의 내용은 라디오를 위협한 비디오 문화에 대한 반성이자 회의였다. 하지만 MTV는 그 자극적인 제목과 명랑한 멜로디를 역으로 이용한 셈이다. MTV는 버글스의 노래를 통해 "내가 라디오를 죽였다"고 노골적으로 선언했다. 그 후 '들리는 음악'이 아니라 '보이는 음악'을 끊임없이 재생하면서 1980년대 음악 문화를 통째로 바꿔 놓는다.

MTV의 출현 이후 일단 뮤직비디오의 수준이 달라졌다. 이전 뮤직비디오는 노래하는 뮤지션의 일과를 편집한 수준이었다. 그러나 MTV 개막으로 뮤직비디오는 작품의 경지로 발전하기 시작했다. 거기에 투자되는 예산도 늘어났다. 미셸 공드리, 데이빗 핀처 같은 유명 영화감독은 초기 MTV 시대를 지나면서 실력을 인정받은 작가들이다. 가수 입장에서는 가창력 외의 재능을 과시할 수 있었다. 섹스 심벌 마돈나와 흑인 최초로 MTV에 입성한 마이클 잭슨이 대표적이다. 그들은 TV를 통해 비주얼과 퍼포먼스의 위력을 입증한 뮤지션이다.

라디오의 2차 위기, 뉴 미디어의 출현

1980년대 이미 TV에게 철퇴를 맞은 라디오는 2000년대에 입지가 더 좁아졌다. 인터넷이 등장해 삶의 질을 바꿔놓기 시작하면서다. 라디오는 추세를 따라 예민하게 움직여 그나마 명맥을 유지할 수 있었다. 인터넷 홈페이지와 게시판을 열어 과거 엽서와 팩스로만 가능했던 소통을 대신했다. 더는 라디오를 켜는 일조차 없는 청취자들을 배려해 인터넷 방송 중계 서비스를 제공했다. 시간이 더 흐른 뒤에는 웹사이트에 생중계 영상을 쏘아 올리는 '보이는 라디오'가 제작됐다. 그동안 목소리로만 만나던 진행자와 출연자를 노출하는 것으로 연출의 방향을 바꾼 것이다. 그렇게 라디오는 PC의 보급과 발전에 맞춰 변화했다. 늘 위협을 받던 과거에서 배운 생존법일지도 모른다. 지난 세월 차차 등장한 TV, VCR, 워크맨이 라디오를 단련시켰다.

그다음 라디오의 적은 모바일이다. 영화 〈볼륨을 높여라〉(1990)에 등장하는 간 큰 고교생의 해적 방송은 과거 유물이 된 지 오래다. 누구나 영화의 주인공 크리스찬 슬레이터처럼 개인방송국의 진행자가 될 수 있었다. PC가 있고 윈앰프 같은 프로그램만 설치하면 되었다. 이어 손바닥만 한 PC 스마트폰이 나오면서 이 같은 DIY(Do It Yourself, 자가제작) 프로그램 제작은 더 손쉽고 활발해졌다. 가장 대표적인 국내 사례로는 언제든 아이튠스에서 다운받을 수 있는 팟캐스트 라디오 〈나는 꼼수다〉다. 이른바 〈나꼼수〉는 음악이나 정보를 주요 콘텐츠로 하는 일반 방송의 틀을 넘어, 정치적 영향력까지 행사한 콘텐츠다.

하지만 매체의 발전으로 라디오만 희생된 것이 아니다. 한때 라디오를 죽인 MTV 또한 더는 뮤직비디오만으로는 밥을 먹을 수

Video Killed The Radio Star

없는 처지가 되었다. MTV는 시청자들의 요구에 따라 흥미 위주의 리얼리티 쇼와 오디션 프로그램을 편성하면서 살 길을 모색하고 있다. 순수한 음악은 물론 순수한 뮤직비디오 또한 같은 처지가 되었다. 라디오와 MTV 시장의 이 같은 쇄신은 분야의 정통성만으로는 시장의 논리를 이길 수 없음을 단적으로 드러낸다.

버글스는 1979년 비디오가 라디오를 죽였다고 노래했다. 그보다 일찍 카펜터스는 1973년 라디오는 추억이라고 노래했다. 그런데 이렇게 시간이 흐르고 나니 버글스의 공격성과 카펜터스의 감수성은 크게 성격이 다르지 않아 보인다. 문화의 상업화, 매체의 소멸을 이야기하는 버글스의 강도 높은 성토는 이제 또 다른 낭만으로 회자된다. 라디오의 위기를 말하는 일이 새삼스러울 만큼, 이미 영향력을 많이 상실한 매체이기 때문이다.

버글스가 죽었다고 말한 라디오는 도로에 갇힌 차들을 위로하면서, 세상의 관심사들을 따라가면서 가늘고 긴 생명을 유지하고 있다. 그래도 라디오를 원하는 적은 수의 청취자들을 외면하지 않으면서, 죽은 듯 살아 있는 라디오는 그렇게 우리에게 쑥스러운 감동을 주고 있다.

death

기묘한 얘기 하나가 있었어.
EV1이라 불리던 차의 얘기.

이제쯤 너도 아마 알고 있겠지만
이 세상은 이상한 얘기로 가득하지.
— 자우림, 'EV1' 중에서.

"이윤 때문에 미래,
또는 인간이 희생되는 일들은
아주 일상적으로 일어납니다.
지금 바로 이 순간 우리들의 곁에서도요.
그야말로 비극입니다."
— 자우림, 'EV1'에 관한 코멘트 중에서.

누가
전기 자동차를
죽였나

자우림 'EV1' (2011)

어느 자동차의 쓸쓸한 장례식

크리스 페인 감독의 다큐멘터리 〈전기자동자를 누가 죽였나?〉(2006)는 진지한 장례식으로 시작된다. 2003년 7월 24일 미국 할리우드 포에버 묘지가 배경이다. 검정색 옷을 입은 사람들이 숙연한 표정으로 떠나간 이 앞에서 고개를 숙인다. 약간 눈물을 보이는 사람도 있다. 그런데 죽은 대상은 사람이 아니다. 자동차다. 제너럴 모터스, 즉 GM사에서 1996년 출시한 전기자동차 EV1이다. 인간이 아니라 차를 애도한다니, 엉뚱한 이벤트로 보이기도 한다. 하지만 내막을 살펴보면 그리 우스운 장례식이 아니다.

그로부터 시간이 조금 흐른 뒤, 국내 밴드 자우림은 8집 〈음모

론〉(2011)을 통해 이 이상한 장례식을 노래에 담았다. 앨범은 뉴스, 스타, 인간관계 등 친근한 소재를 바탕으로 여러 의혹들을 풀어놓은 작품이다. 'EV1'은 앨범이 제기하는 여러 가지 음모론 가운데 가장 구체적인 이야기를 담고 있다. 자우림도 사라진 자동차 EV1에게 애도를 표한다. 그리고 인간과 세상의 야만 앞에서 작은 분노와 체념의 목소리를 터뜨린다.

EV1은 캘리포니아 대기 자원국과 주정부가 제정한 법으로 만들어진 자동차다. '배기가스 제로법' 혹은 '무공해 차 판매 의무법'이라 불리는 법으로, 캘리포니아에서 영업하는 자동차 회사는 환경보호 차원에서 배기가스를 배출하지 않는 자동차를 일정량 팔아야 한다는 내용이다. 캘리포니아의 심각한 환경문제에서 비롯된 법령이다. 통계적으로 캘리포니아는 미국에서 가장 대기 오염도가 높아 천식과 폐암의 발병률도 가장 높은 지역이기 때문이다.

법이 적용되는 범위는 전체 판매량의 20%였다. 모든 자동차 회사는 영업을 계속하면서 주의 지원을 받으려면 어느 정도 무공해 자동차를 생산하고, 동시에 매출의 20%를 달성해야만 했다. 법에 따라 처음 선보인 모델이 GM사의 전기차 EV1이다.

대여 시스템으로 운영된 EV1은 일단 가격에서 호응을 얻었다. 월 250~500달러만 지불하면 누구나 차를 빌릴 수 있었다. 전기자동차이기 때문에 충전 시스템으로 작동되었다. 한 번 충전하면 100마일(약 160Km)을 달릴 수 있었다. 소음은 일반 휘발유 차량보다 적었고 속도 또한 밀리지 않았다. EV1을 사랑한 배우 멜 깁슨은 운전 기분을 "배트맨이 된 것 같다"고, "동굴에서 막 빠져나오는 것 같다"고 묘사했다.

질주감보다 더 큰 미덕이 있다. EV1은 친환경 자동차다. 전기 모터로 가기 때문에 엔진오일을 교환할 필요가 없다. 배기가스도 없었다. EV1을 지지한 유명인사 톰 행크스는 한 토크쇼에서 이 차의 예찬론을 펼쳤다. "전기자동차를 구하는 것이 미국을 구하는 일입니다."

멜 깁슨과 톰 행크스만 EV1에 매료된 것이 아니다. 다큐멘터리 〈전기자동차를 누가 죽였나?〉에는 EV1을 경험해본 사람들이 등장해 저마다 극찬을 쏟아낸다. "생각보다 빠르고, 심지어 그림자를 앞서는 느낌이다." "차를 사랑하고 환경을 사랑하는 사람을 동시에 충족시킨다." "앞으로 사람들이 여행하는 방식을 바꿔놓을 것이다."

적당한 비용으로 환경까지 배려하는 이 혁신적인 자동차는 더 많은 도로를, 더 넓은 세상을 기다리고 있었다. 처음엔 LA, 애리소나 등 일부 지역 거주자들만 탈 수 있었지만 점차 확대됐다. 무공해 자동차에 대한 정부 지원까지 이루어져 약 150개의 전기충전소가 생겼다.

EV1은 1996년부터 1999년까지 약 350만 달러의 제작비로 1,117대가 생산됐다. 차를 원하는 사람들에 비해 턱없이 부족한 숫자였다. 발 빠른 일반 운전자 800여 명만이 EV1을 얻었다. 대여를 신청한 대기자 명단은 4,000명을 넘어가고 있었다.

그런데 그 목록이 어느 순간 거짓말처럼 50여 명으로 줄었다. 부푼 마음으로 낯선 자동차를 기다리던 3,950여명이 갑자기 사라졌다는 얘기다. 그 많던 사람들은 다 어디로 갔을까? 그 많던 사람들은 왜 마음을 바꾸고 EV1에 대한 애정을 갑자기 접었을까?

누가 전기 자동차를 죽였나?

어느 재봉틀 회사가 50년을 써도 끄떡없는 제품을 만든 바람에 망했다는 일화가 있다. 적당히 허술하게 만들어야 나중에 부품도 갈 수 있고, 자사든 경쟁사든 대안 제품이 계속해서 나올 수 있다. 그래야 돈을 벌고, 관련업계도 같이 산다. EV1도 비슷한 운명에 놓였다. 우선 기존 자동차 부품업계에서 반발이 일었다. EV1은 일반 차량과 완전히 다른 방식으로 만든 차였다. 일반자동차의 부품과 수리로 운영되는 기존의 카센터가 반길 리 없는 차였다.

EV1을 적으로 간주한 사람들은 정유업계에도 있었다. 사실 전기자동차는 EV1이 처음이 아니다. 1900년대 초반 미국에는 전기차가 더 많았다. 석유가 싼 값에 수입되면서 경쟁에서 밀려 시장에서 사라졌을 뿐이다. 1세기 동안 자동차로 가장 큰 이익을 얻어온 정유업체들에게 EV1의 등장은 위기나 다름없었다. 그들은 전기충전소가 늘어나는 것에 격렬하게 반대했다. 전기충전소를 짓고 운영하려면 세금을 걷어야 하는데, 이는 공기업의 형평에 어긋나는 과다지출이라며 정부를 상대로 이의를 제기한 것이다.

동종업계에서도 EV1은 미운 오리 새끼 취급을 받았다. 미국 자동차 메이커 연합은 캘리포니아 대기 자원국을 상대로 소송을 낸다. 무공해차 판매시기를 늦추고, 저공해차(상대적으로 석유를 적게 쓰는 하이브리드카나 수소차)의 판매조약을 이끌어내 합의하는 내용

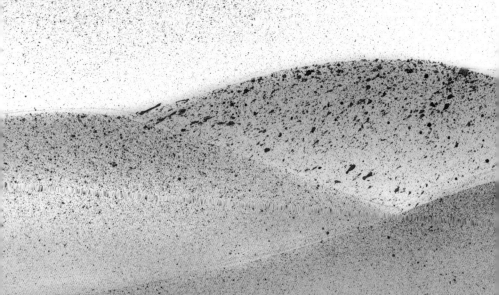

이었다. 그리고 승소한다. 캘리포니아 연방은 2003년 마침내 배기가스 제로법을 철회했다. 그해 부시 대통령은 국정연설에서 수소 연료 상업화 개발에 12억 달러를 쓰겠다고 발표했다. 정부의 대대적인 발표와 함께 무공해차는 저공해차로 완벽하게 대체되었다.

EV1을 생산한 GM은 2003년 전기자동차에 이상이 있다고 발표했다. 자동차 생산라인을 없애고 해당 직원들을 해고했다. 이미 만든 자동차들은 모두 회수했다. GM의 노동자를 비롯해 EV1을 지지하는 수많은 사람들이 의혹을 제기했지만, 아무도 맞설 수 없었다. 수거된 자동차는 일반인이 접근할 수 없는 머나먼 매립지로 보내졌다.

2005년 5월 31일, 최종적으로 모든 것이 파괴되었다. 사막 같은 매립지 한가운데에서, 1,000대 가량의 EV1은 단체로 처형당했다. 불러나온 현장 근무자들도 무슨 일을 하는지 잘 몰랐다. 위에서 지시가 내려왔으니 멀쩡한 자동차 수백 대를 중장비로 부수고 으깰 수밖에 없었다. 몇 살 먹지도 않은 수많은 차들이 곧 종이처럼 압축됐다. 끝내 가루로 부서지면서 사막의 모래알과 다를 것 없는 처지가 되고 말았다.

폐차장 근처에는 EV1의 진실을 요구하는 시위가 벌어졌다. 경찰들이 시위대를 주시하고 있었다. 무기를 소지했는지 파악하기 위해 몸수색을 했고, 행동이 과격해지면 어김없이 수갑을 채웠다.

전기자동차의 이상을 지지하면서 내 차처럼 사랑했던 운전자들은 아무것도 할 수 없었다. 싸울 수 없었던 그들은 애도를 택했다. 그리고 장례식이 거행됐다.

아주 미미하게나마 EV1은 살아남았다. 현재 미국 소수의 자동차 박물관과 교육시설에 EV1이 전시되어 있다. 절대 주행하지 않는다는 서약과 함께 몇몇 기관에 기증된 것이다. 디큐멘터리 〈전기자동차를 누가 죽였나?〉에는 한때 자신의 애마였던 EV1를 오랜만에 만나 반가워하는 전 GM의 직원이 등장한다. 그녀는 EV1을 보자마자 '마이 베이비'라 말한다. 그러나 들뜬 마음으로 차에 올라탄다 한들 그녀의 베이비는 식물 상태의 아름다운 고철에 불과하다. 살아남은 EV1은 시동 기능마저 마비된 상태다.

아직은 달릴 수가 있었는데.

사막 한 가운데로 버려진

빨간색 초록색 EV1.

거짓말이라고 해줘.

… 진짜 이유를 말해줘요.

아무리 비참해도

내가 생각하는 그런 이유는 아니라고 말해줘.

— 자우림 'EV1' 중에서.

하이브리드카가 자리를 잡아가는 지금까지도 누가 전기자동차를 죽였는지에 관한 논쟁은 이어진다. 유력한 용의자로 정유회사와 경쟁 자동차 회사를 꼽는다. 하지만 차를 만들어놓고 관리도 못했을 뿐더러 소비자 단체의 의혹 제기에 뾰족한 답을 내놓지 않았던 GM사에 책임을 묻기도 한다. 공동의 지혜가 결여된 미국의 소비자가 차를 죽였다고 주장하는 사람들도 있다. 하지만 알 수 없다. 자우림도 궁금해한다. "진짜 이유를 말해줘요." 그리고 애원한다. "내가 생각하는 그런 이유는 아니라고 말해줘."

death

주디 갈랜드의 'Over The Rainbow'는
영화 〈오즈의 마법사〉가 일깨운 선율이다.
주인공 도로시가 불안정한 현실을 벗어나
달의 저편, 구름과 비를 지나
무지개 너머의 어딘가를 꿈꾸는 순간 흘러나왔다.

무지개빛 상상의 바람에 실려 도로시는
환상의 세계인 오즈에 도착한다.
거기서 사랑스러운 친구들을 만나기도 했지만
무서운 마녀와도 싸워야만 했다.

결국 돌아와야만 했다.
집으로 돌아오는 방법을 스스로 찾은 도로시는
훨씬 성숙하고 의젓한 소녀가 되어 있었다.

무지개 너머에는
희망이,
아니 죽음이

주디 갈랜드 'Over The Rainbow' (1939)

도로시를 사랑한 남자들

주디 갈랜드(Judy Garland, 1922－1969)가 주연한 로드무비의 고전 〈오즈의 마법사〉(1939)는 주인공 도로시의 성장기를 그린 작품이다. 그런데 이 영화를 게이 문화의 텍스트로 이해하는 사람들이 있다. 뜬금없는 소리로 들릴 수도 있을 것이다. 영화에 게이가 나오지도 않고, 게이의 인권을 이야기하는 것도 아니기 때문이다. 하지만 〈오즈의 마법사〉는 색다른 관점의 해석이 따르는 영화다. 영화 속 캐릭터와 그들이 처한 운명, 그리고 그들이 겪는 갈등과 화해가 성소수자의 현실과 이상을 암시한다고 보는 것이다.

영화는 현실과 이상의 차이를 색깔로 표현한다. 현실은 흑백에 가까운 황토빛으로 묘사된다. 반면 이상적인 오즈의 세계는 원색이 강렬하게 쏟아지는 무지개빛 색감으로 그려진다. 무지개는 분홍색과 함께 성소수자를 상징하는 색채다. 이것은 1978년 미국 샌프란시스코의 한 게이 커뮤니티가 어느 디자인 업체에 성소수자의 정체성을 표현하는 로고를 의뢰했을 때 나온 대답이다. 이후 무지개는 게이 사회의 다양성을 상징하는 의미로 쓰인다.

때때로 게이들은 자신을 '도로시의 친구들'이라 말한다. 영화 속 도로시의 친구들은 허수아비와 고철덩어리와 사자로, 순박하지만 무능한 캐릭터들이다. 다른 친구들도 등장한다. 100여 명의 '먼치킨'이다. 먼치킨은 소아증이라 성인이 되어서도 키가 자라지 않는다. 이처럼 도로시의 친구들은 세상의 약자들이다. 사회가 게이를 바라보는 시각이기도 하다. 그런 약자를 이끌어주는 부드럽고 강인한 여성이 도로시다. 자연스럽게 그녀는 게이의 우상이 되는 것이다.

영화에서 흘러나오던 'Over The Rainbow'는 대표적인 게이의 송가다. 게이 커뮤니티에서 사랑받는 노래들이 몇 곡 있다. 고난과 극복, 이상적인 미래를 노래하거나 자신이 자랑스럽다는 내용을 곁들일수록 열렬한 지지를 얻는다. 현실을 벗어나 무지개 너머의 세상을 꿈꾸는 'Over The Rainbow'는 게이 송가로 사랑 받을 자격이 충분한 노래다. 주디 갈랜드만큼이나 게이 사회에서 환영

받는 호주 가수 카일리 미노그도 'Over The Rainbow'의 의미를 알고 있다. 그녀는 갑자기 유방암을 선고받았다가 회복한 2005년에 다시 무대에 올라 이 곡을 불렀다. 생과 사의 극을 음악으로 돌이켜보면서, 자신을 기다려준 청중에게 선사할 답가로 이를 대체할 노래는 없었다.

한편 게이의 경제활동을 설명할 때 쓰는 전문용어가 있다. 게이의 경제력과 소비활동을 분석한 저서 〈핑크머니 경제학〉(이리에 아쓰히코 저)에 따르면 그들이 쓰는 돈은 '도로시 달러(혹은 핑크 파운드)'라 불린다. 이렇듯 영화 〈오즈의 마법사〉와 연관된 모든 키워드가 게이 사회와 통한다.

하지만 이 모든 해석은 영화의 주인공 주디 갈랜드 개인과 아무런 이해관계가 없다. 주디 갈랜드는 성소수자를 위해 사회적으로 한 일이 아무것도 없다는 것이다. 오히려 그녀는 평생 게이를 두려워하며 살았다.

의도하지 않았지만 주디 갈랜드는 '패그해그(faghag)'의 대명사로 통한다. 패그해그는 게이와 잘 어울리는 여자들을 뜻한다. 주디 갈랜드는 다섯 번 이혼했는데, 그녀의 전 남편이었던 타이론 파워, 마크 헤론, 빈센트 미넬리는 결혼 후에야 자신이 게이이거나 바이 섹슈얼이었음을 깨달았다. 네 번째 남편이었던 마크 헤론은 딸의 남편과 야반도주까지 했다. 주디 갈랜드의 마음은 멍들어

갔다. 남편의 외도를 목격하고 자살을 기도한 적도 있었다.

신경쇠약과 씨름하고 알코올로 마음을 달래던 주디 갈랜드는 마흔일곱에 약물 과다복용으로 사망한다. 그리고 그녀의 장례식이 이루어진 1969년 6월 28일에는 게이들의 대대적인 추모행렬이 있었다. 애도에만 그치지 않았다. 뉴욕의 게이 바 스톤월 인에서는 장례식을 계기로 수많은 게이들이 모였고, 갑자기 경찰이 늘이 닥쳤다. 물론 일전에도 게이의 소집이 불만스러워 급습하는 경찰이 종종 있었다. 폭력이 무서워 경찰이 찾아올 때면 게이들은 늘 뿔뿔이 흩어졌지만, 그날만큼은 달랐다. 경찰과 싸운 것이다. 당일 현장에 있던 열세 명이 체포됐다. 하지만 체포로 끝난 게 아니다. 7월까지 폭동은 계속됐고, 7월 말에는 성소수자 해방운동 기구를 조직했다. LGBT(레즈비언(Lesbian), 게이(Gay), 양성애자(Bisexual), 성전환자(Transgender)를 지칭하는 용어) 운동의 분수령으로 기록되는 스톤월 항쟁의 전말이다.

성소수자들이 열광하고 분노할 때, 그 가운데에는 늘 주디 갈랜드가 있었다. 그 어떤 열정적인 인권운동가보다 주디 갈랜드는 게이 커뮤니티의 상징적인 인물이었다. 사회참여가 아니라, 해석으로 특정문화의 아이콘이 된 셈이다. 그러나 해석과 현실은 일치하지 못했다. 해석하는 게이는 그녀를 사랑했지만, 현실의 게이는 그녀를 그토록 괴롭혔다.

'Over The Rainbow'는 주디 갈랜드가 죽은 후에도 속절없는 인생을 반영하는 노래로 남았다. 원곡을 탁월하게 해석해 명성을 얻은 두 가수가 공교롭게도 단명했기 때문이다. 'Over The Rainbow'는 이상하게도 다가가려는 가수들에게 자비롭지 못했던 노래다.

1990년대 후반의 어느 날 영국의 라디오 채널 BBC 라디오2에서는 익숙한 듯 낯선 노래가 전파를 타고 흘러나왔다. 'Over The Rainbow'였다. DJ가 가수를 소개하기를, 미국 워싱턴 출신의 에바 캐시디(Eva Cassidy, 1963-1996)가 불렀다고 했다. 생소한 가수가 들려주는 감미로운 노래에 사로잡힌 청취자들의 리퀘스트가 연이어 쏟아졌다. 모두에게 익숙한 멜로디가 특별한 목소리 덕분에 새로운 생명을 얻은 것이다.

1996년 6월 에바는 흑색종 말기 진단과 함께 시한부를 선고받았다. 그해 9월 가족이 바라보는 작은 무대에서 마지막 공연을 마치고 에바 캐시디는 생을 마감한다. 그로부터 몇 해가 지나 살아 있는 동안 무명이었던 그녀를 뒤늦게 매체가 발견한 것이다. 갑작스러운 재조명으로 그녀의 앨범은 차트에 올라 1천만 장이 넘게 팔렸다. 기구하게도 그녀가 죽은 후의 기록이다. 그리고 그 기록은 'Over The Rainbow'로 시작됐다.

Judy Garland

주디 갈랜드의 'Over The Rainbow'부터 스팅의 'Fields Of Gold'까지 그녀가 녹음한 노래는 거의 잘 알려진 작품들이다. 그런데도 새롭게 들렸다. 탁월한 목소리와 침착한 해석 덕분이다. 포크, 블루스, 가스펠 등 다양한 장르를 순회하면서 노래했지만 그녀의 해석에는 언제나 일관성이 있다. 어느 노래에나 기묘한 울림과 떨림이 있다.

에바 캐시디에 견줄 만한 'Over The Rainbow'가 또 있다. 'Over The Rainbow'로 시작해 루이 암스트롱의 'What A Wonderful World'로 유연하게 이어지는 파격적인 버전이다. 하지만 파격적이라 느끼지 못할 만큼 노래는 더없이 맑게 흐른다. 그가 살아온 하와이의 해변이 얼마나 아름답고 투명한지를 들려주는 것처럼 말이다. 가장 성공한 하와이안 가수로 손꼽히는 이스라엘 카마카위올레(Israel Kamakawiwo'ole, 1959 – 1997, 그는 '이즈'로 불린다)의 이야기다. 이즈의 'Over The Rainbow/What A Wonderful World'는 이전까지 생소했던 악기 우쿨렐레를 대중적으로 소개한 노래다. 작은 음악의 미학을 일러주는 노래이기도 하다. 우쿨렐레 연주 위에 맑은 목소리만 얹은 곡이다.

목소리와 연주에 반해 가수의 정보를 찾아봤다면, 약간 당황스러웠을지 모른다. 이즈의 키는 6피트 2인치(약 188cm), 체중은 757파운드(약 343kg)였다. 그토록 작은 소리를 내고 작은 악기로 연주

했으나 실은 엄청난 거인이었던 것이다. 이즈는 결국 과체중으로
인한 호흡곤란으로 38세에 무지개 너머로 갔다.

> 무지개 너머 어딘가 파랑새가 날아다니는 곳
> 거기선 당신의 꿈이 모두 현실이 됩니다
> 무지개 너머 어딘가 파랑새가 날아다니는 곳,
> 그리고 당신이 이루려 했던 꿈들,
> 그런데 왜 나는 그럴 수 없을까요
> — 'Over The Rainbow' 중에서

어쩌다 보니 세 명의 가수를 무지개 너머로 보내버린 'Over The Rainbow'에는 이런 가사가 흐른다. 사실 완벽한 해석이라 말하기 어렵다. 노래는 "Why, Oh Why Can't I?"라는 문장으로 끝나는데, "왜 나는 할 수 없을까" 하는 서글픈 자조가 되기도 하고, "내가 못 한다는 게 말이 될까?" 하는 전복의 의지가 될 수도 있기 때문이다. 노래에 따르는 상반된 해석 덕분에 'Over The Rainbow'는 철학적인 텍스트로 평가되기도 한다. 전자로 생각하는 사람들은 'Over The Rainbow'를 두고 현실도피 혹은 회의주의의 노래라 이야기한다. 후자로 생각하는 사람들은 도로시의 오즈행이 설파하는 꿈의 노래, 이상향에 관한 노래라는 낙관적인 입장

을 떤다.

 작사하고 작곡한 이가 세상을 이미 떠난 지 오래인 까닭에 진실은 여전히 알 수 없다. 노래를 더없이 아름답게 불렀던 이들도 거짓말처럼 비운으로 죽음을 맞았다. 하지만 주디 갈랜드가 그랬고, 에바 캐시디가 그랬고, 이즈가 그랬던 것처럼 죽음이 정신적, 육체적 고통의 끝이었다면, 그 죽음은 무지개 너머의 세계로 안내하는 평온의 티켓이었을지 모른다.

death

닉 혼비의 소설 〈하이 피델리티〉.
주인공 롭 고든의 입을 빌려 작가는 묻는다.
과연 과격한 영상물이나 총기 때문에
아이들이 쉽게 폭력에 길들여지는 것일까?
음악 마니아 롭 고든은 다섯 여자에게 차인 후
엉뚱하게도 음악이 더 위험하다고 말한다.

자신이 비참하기 때문에 음악을 들었는지,
음악 때문에 자신이 비참해졌는지
도무지 알 수 없는 그는 의심한다.
행복과 낭만을 담은 노래는 별로 없다.
그렇다면 우리의 심리적 불행과 좌절은
비관적인 팝에서 비롯된 것이 아닐까.

노래가 위험할 수 있다는 생각을
롭 고든이 처음 한 것은 아니다.
노래가 죽음을 부른다고,
그 죽음은 무섭게 전염된다고
믿던 시절이 있었다.

자살자의 선택, 우울한 일요일

레조 세레스 'Gloomy Sunday' (1933)

유행처럼 번지는 자살 이야기

1936년 1월 헝가리 부다페스트. 조셉 켈러라는 제화공이 죽었다. 지역 경찰서의 한 부서가 수사에 나섰지만 용의자는 물론 의심스러운 정황도 찾지 못했다. 발견된 유서에는 'Gloomy Sunday'의 가사를 인용한 문장이 적혀 있었다. 하지만, 그때까지만 해도 별다른 인과관계를 발견하지 못했다. 사건은 단순 자살로 마무리된다. 그러나 곧 비슷한 사건이 터져 나온다. 추정되는 사망자는 1백 명이 넘었다. 그리고 확실한 자살은 17건이 있었다.

어느 거리의 밴드가 'Gloomy Sunday'를 연주하는 동안 행인 두 명이 권총 자살했다는 보도가 따랐다. 부다페스트를 가로지르는 다뉴브 강에 몸을 던진 젊은이들도 있었다. 사망자와 함께 있었던 증인에 따르면 심야의 클럽에서 '자살을 부르는 노래(The suicide song)'를 들은 후 저지른 일이라 했다.

그 대상은 10대 소녀부터 80대 노인까지 남녀노소를 가리지 않았다. 헝가리는 물론 전 유럽이 속수무책이었다. 베를린의 어느 잡화상도 권총 자살을 했는데, 시체로 발견된 그의 발밑에는 'Gloomy Sunday'의 레코드판이 놓여 있었다. 이탈리아 로마의 거리 밴드가 'Gloomy Sunday'를 연주하는 것을 본 한 청년도 주머니 속 돈을 죄다 털어 밴드에게 주고 자살했다.

사건이 꼬리를 물자 당국은 이 모든 죽음이 'Gloomy Sunday'와 연관이 있다고 판단했다. 그리고 부다페스트 전역에서 이 곡의 방송 불가 판정을 내린다. 영국 방송국 BBC는 보컬 버전을 폐기하고 연주곡으로만 틀었다. 하지만 사건이 또 일어났다. 신경과민제 과용으로 사망한 영국 여인의 집에서는 연주곡 'Gloomy Sunday'가 흐르고 있었던 것이다.

이와 같이 'Gloomy Sunday'의 살벌한 기록은 넘쳐난다. 노래를 소재로 한 영화와 소설이 나왔다. 논문도 몇 개 있다. 소문으로만 전해지는 이른바 '카더라' 또한 넘쳐난다. 내용은 약간씩 다르지만 결국 대량 자살로 결말이 난다. 구체적인 데이터도 있다.

헝가리에서 이 곡을 듣고 죽은 사람만 187명이라는 것, 1936년

4월 파리에서 유명 지휘자와 함께 오케스트라로 시연되었을 때 드러머를 시작으로 연주자들이 차례로 죽음을 택했다는 것, 원본 악보를 헝가리 당국이 폐기하고 나치도 전량 회수했지만 누군가 기어이 찾아내 연주했다가 자살했다는 것 등등. 과연 20세기의 '베르테르 효과'였다. 괴테의 책을 읽고 당시 젊은이들이 목숨을 끊었던 것처럼 치명적인 예술을 통해 유행처럼 번지는 자살을 일컫는 말이다.

하지만 이것을 반박하는 주장도 있다. 그저 도시괴담에 불과하다는 것이다. 사실상 'Gloomy Sunday'는 단서에 지나지 않을 뿐, 자살의 확실한 증거로는 불충분하는 주장이다. 심증만 있고 물증은 없다는 것이다. 시간이 오래 흐른 탓에 증인과 정밀한 수사기록을 찾기 어렵다는 이유도 있다. 게다가 이 노래의 본거지인 헝가리는 원래부터 자살강국이다. 그러므로 이 노래는 그저 헝가리의 독보적인 자살률을 단편적으로 보이는 도구일 뿐이라는 것이다.

세계보건기구의 1991년 보고에 따르면 헝가리의 자살률은 세계 최고 수준이다. 영화 〈글루미 선데이〉(1999)의 각본가 피터 뮬러가 말하기를, 친척이나 친구의 자살을 한 번쯤 접하는 게 헝가리인의 일상이라 한다. 자살의 원인으로 헝가리 수도의 연중 축축한 날씨를 꼽는 해석도 있다. 다음으로는 지리적, 역사적 견해가 있다. 헝가리는 위치상으로 서유럽에 가깝기 때문에 서유럽을 동경

하면서 생활하지만, 유서 깊은 동쪽의 뿌리가 있고 근대의 역사 또한 동유럽과 함께 묶인다. 그로 인해 헝가리인들이 느끼는 불분명한 정체성을 심리적 불안으로 연결한 것이다.

일부 학자들은 더 구체적으로 자살의 이유를 진단했다. 제2차 세계대전 이후 찾아온 경제난, 사회적 지위의 추락과 인구 50% 이상의 대대적인 도시 이주가 원인이라는 것이다. 헝가리는 중부유럽의 대표적인 농업국가로 국토 절반 이상이 대평원이다. 전쟁 이후 1949년 헝가리 인민 공화국이 수립되면서 농지의 1/3을 소농에게 주는 토지개혁을 추진하지만 식량난만 초래하고 말았다. 국가 주도의 강압적인 중공업 정책도 역시 실패했다. 무리한 산업화로 노동자의 대대적인 반발만 돌아왔다.

끊임없이 노동하지만 대가가 보장되지 않자 서민의 삶은 피폐해져 갔다. 고단한 삶은 극단적인 대량 자살을 불러왔다. 자살이 빈번해질수록 죽음만이 삶의 문제를 해결할 열쇠이자 가장 강력한 복수가 된다는 인식 또한 팽배해졌다. 역병처럼 번져나간 자살은 경제가 안정된 이후에도 지속됐다. 1980년대에는 인구 10만 명당 자살 인구가 45명에 육박했다.

약혼녀도 죽었고 작곡가도 죽었다

'Gloomy Sunday'를 만든 레조 세레스(Rezső Seress, 1899 – 1968)는 헝가리 출신의 피아니스트이자 작곡가다. 그가 파리에서 활동을 마치고 부다페스트로 돌아왔던 1933년, 그해 약혼녀와 결별하면서 그 슬픔을 다스리기 위해서 'Gloomy Sunday'로 알려진 'Szomorú vasárnap'를 공식 발표한다. 원래 제목은 'Vége a világnak'로 '세상의 끝'을 의미했다. 하지만 이후 당대의 시인 라즐로 자보가 노랫말을 붙이면서 '우울한 일요일'로 굳혀졌다.

'Gloomy Sunday'를 발표할 당시 그는 "이것은 슬픔의 노래가 아니라 절망의 노래"라 설명했다. 사랑하는 이에게 버림받은 경험을 토대로, 고통스러웠던 시간들을 작품에 담았다는 것이다. 가사는 사랑하는 이의 죽음을 경험한 후 슬픔을 이기지 못해 세상을 떠난 이의 고백을 다룬다.

가사만큼이나 선율도 절절하다. 잔잔하게 시작해 큰 기복도 없이 돌연 사람을 우울하게 만들어버리는 진행이다. 아름답지만 꽤 살벌했다. 정말로 죽음을 부르는 것처럼, 자살을 결심한 누군가를 돕기에 충분한 노래였다.

우울한 일요일, 시간은 바삐 흐르고.
벗이라곤 오랜 시간을 함께 나눠온 그림자.

(이제는) 작고 하얀 꽃들이 당신을 깨울 수 없다네.

(여기는) 슬픔의 검은 마차가

당신을 데려간 그곳이 아니기에

천사들은 당신을 돌려보낼 생각을 하지 않는데

그곳에 내가 찾아간다면 천사들은 화를 낼까.

… 아무도 눈물 흘리지 말기를,

난 기쁘게 떠났다네.

죽음은 꿈이 아닌 것,

죽음 안에서 당신을 사랑하는 것이니.

― 레조 세레스 'Gloomy Sunday' 중에서.

첫 번째 공식 사망자로 거론되는 인물은 레조 세레스의 약혼녀다. 'Gloomy Sunday'는 나오자마자 일주일 만에 라디오 시장을 강타했다. 성공에 도취된 레조 세레스가 재결합을 제안하고자 약혼녀의 집을 찾아갔다. 하지만 살아있는 그녀는 없었다. 시신만 발견했을 뿐이다. 독약을 먹은 그녀의 책상에는 두 글자의 메모가 남겨져 있었다. 'Gloomy', 그리고 'Sunday'였다.

어느새 레조 세레스는 여러 자살 사건의 간접적인 피의자가 되어 있었다. 호기심을 타고 노래는 날개 돋친 듯 팔려 나갔지만 우연으로만 여길 수 없는 자살 사건이 번번이 일어났다. 죽음 때문에 그가 거둔 성공이란 악한 성공이었고 그가 얻은 명예란 불명예에 불과했다. 처음 노래를 접한 순간을 반추하면서 그는 눈물을 흘렸지만 모든 것을 되돌려놓을 수는 없었다.

레조 세레스는 계속해서 클럽을 드나들며 성실한 연주자로 살았다. 속죄의 의미로 미국에서 받는 'Gloomy Sunday'의 저작권료를 거부하고, 헝가리에서 받는 저작권료를 공산당에 기부했다. 부정적인 평판을 만회하고자 새로운 작품을 발표했지만, 아무도 주목하지 않았다. 진정한 인간적 절망이 찾아온 것이다. 작곡가로, 그리고 존엄을 갖는 인간으로 수명이 다했다고 여긴 그는 자신의 노래에 매혹되었던 사람들과 똑같은 전철을 밟는다. 1968년 1월, 68세의 나이로 레조 세레스는 부다페스트 아파트의 창문 밖으로 뛰어내렸다.

2002년부터 헝가리는 미국의 '자살예방재단'과 연계해 국가 차원의 자살 예방 프로젝트를 이끌었다. 1980년대에는 인구 10만 명당 자살 인구가 45명이었으나 정책 이후 2003년 27.7명, 2005년 22.6명으로 떨어졌다고 발표됐다.

헝가리의 부다페스트에는 '키스피파(Kis Pipa)'라는 이름의 레스토랑이 있다. 'Gloomy Sunday'와 관련해 관광객의 발길이 끊이지 않는 전통의 명소다. 1930년대에는 레조 세레스와 그의 친구들이 'Gloomy Sunday'를 연주하곤 했다. 지금은 누구나 곡을 연주한다. 이제는 절망이 아니라 낭만의 이름으로, 피아니스트는 물론 관광객 또한 피아노 앞에 앉는다.

death

너(투팍)와 바기의 사이는
마치 누가 엔터테인먼트 산업을 손에 얻을 것인가와 같지.
이건 선거랑 똑같다는 얘기야, 알아들어?

내가 죽으면 사람들이 웃을까?
삶에서 싸움이 전부라면 난 살아갈 필요가 있을까?
… 결국 죽을 텐데, 왜 살기 위해 안간힘을 쓸까?

— 투팍 & 바기, 'Runnin(Dying To Live)' 중에서.

죽은 두 래퍼가
함께 부른
노래

투팍 'Runnin' (Dying To Live)' feat. The Notorious B.I.G.(2003)

닮은 꼴 두 래퍼가 서로의 등을 겨누다

투팍 아마루 샤커(Tupac Amaru Shakur, 1971 – 1996). 그는 뉴욕에서 태어났다. 아버지 얼굴을 모른 채 어머니와 함께 오랫동안 수용소에서 살았다. 모친은 흑인인권 운동가였는데, 그녀가 가담한 투쟁으로 전과자가 되었기 때문이다. 나중에 새 아버지를 맞이한 뒤 평탄한 가정을 이루는가 했지만 오래가지 못했다. 새 아버지가 강도 혐의로 복역하면서 가족은 위기를 맞는다. 투팍은 학교를 관두고 거리로 나왔다. 약을 팔아 용돈을 벌고, 언제든 자신을 위협하는 사람들 앞에서 총을 꺼내들었다.

열일곱 무렵 그의 가족은 생계 문제로 캘리포니아로 이주한다.

그리고 거기서 투팍은 삶의 전망을 찾기 시작했다. 잠깐이나마 다 닌 연기학교에서 익힌 재능으로 영화계에 진출했고, 짬짬이 무용 수로도 일했다. 연기와 춤과 함께 글쓰기 분야에도 두각을 나타냈 다. 그의 글은 단순한 일기가 아니었다. 좀처럼 미래가 보이지 않 는 척박한 삶, 사랑과 상처로 얼룩진 가족관계, 절망과 긍정의 치 열한 줄다리기까지, 인생을 성찰하는 수준 높은 기록이었다.

나중에 투팍은 마이크를 잡고 무대에 서서 자신의 이야기를 실 감나게 들려주는 래퍼가 된다. 그가 음악을 시작한 계기 가운데는 죽을 뻔한 경험에서 나온 각성도 있다. 실제로 그는 머리에 총을 맞은 적이 있는데, 총알이 머리에서 약 5cm 벗어나 가까스로 목숨 을 구했다. 끔찍한 경험에서 얻은 통찰로 그는 과격한 문학의 언 어를 쏟아낸다. 그러면서 그는 자신을 방어하는 동시에 적들을 공 격하는 래퍼가 되었다.

노토리어스 비아이지(The Notorious B.I.G., 1972－1997). 흔히 '비 기'라 불린다. 뉴욕 브루클린에서 태어났다. 투팍의 삶과 크게 다 를 바 없는 성장기를 보냈다. 마찬가지로 일찍부터 거리에서 약을 팔았고 자신을 지키기 위해 늘 총을 들고 다녔다. 차이가 있다면 투팍은 십대 시절 미국 서부로 이주해 본격적인 활동을 시작했지 만, 비기는 뉴욕을 떠나지 않고 자신의 본거지로 삼았다는 것이 다. 영화배우, 댄서, 래퍼라는 다양한 직함을 가진 투팍과 달리 비기는 랩에만 몰두했다.

일찍부터 가사를 쓰고 리듬에 실어 나르던 비기는 곧 데모 테이프 작업에 들어간다. 인연을 잘 만난 덕분에 작업에는 가속이 붙었다. 한 레코드사의 직원이었던 퍼프 대디(Puff Daddy, 보통 피 디디 혹은 디디라 불린다)를 만나면서다. 비기의 음악에 완전히 매료된 그는 다니던 회사를 관두고 직접 레코드사를 차린다. 승리를 확신했을 만큼 비기의 작품이 탁월했기 때문이다. 디디가 설립한 새 회사 배드 보이즈는 1994년 상업성과 작품성을 두루 갖춘 비기의 데뷔 앨범 〈Ready To Die〉를 공개한다. 그리고 단숨에 200만여 장의 판매고를 기록한다. 비기는 그렇게 단 한 장의 앨범을 통해 유망한 신예에서 동부 힙합계의 얼굴이 되었다.

비기보다 조금 일찍 활동을 시작해 더 많은 앨범을 발표한 투팍 또한 꾸준히 아티스트로 입지를 구축해갔다. 두 래퍼의 선전은 마치 지역적 대결처럼 보였다. 투팍이 이른바 웨스트 코스트(West Coast) 힙합을 대변한다면, 비기는 이스트 코스트(East Coast) 힙합의 상징이었다. 그렇게 1990년대 중반 미국 힙합은 동서로 양분되어 스타일로, 실력으로, 생산적인 경쟁의 한때를 보냈다. 하지만 그리 길지 못했다. 선의의 경쟁자로 대립하던 두 남자는 곧 차례로 죽음을 맞이한다.

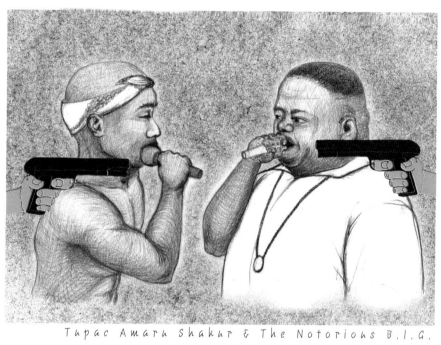

Tupac Amaru Shakur & The Notorious B.I.G.

두 래퍼의 연이은 죽음

두 남자의 삶에는 늘 범죄가 가까이 있었다. 먼저 1992년 4월 텍사스에서 열아홉 살의 소년이 경찰을 저격한 사건이 있다. 당시 담당 변호사는 소년의 진술에 따라 소년이 투팍의 데뷔 앨범인 〈2Pacalypse Now〉(1991)를 들은 후 저지른 일이라며 두팍을 기소했다. 당시 미국 부통령 댄 퀘일이 방송을 통해 투팍에 경고의 메시지를 보내는 것으로 사건은 일단락됐다.

1994년 투팍은 클럽에서 만난 어느 여성과 성관계를 가진 후 성폭행 혐의로 기소된다. 위기에 몰린 투팍을 구한 사람은 데스로우 레코드사 대표 슈그 나잇이다. 그는 앨범 발표 계약을 제안하고, 계약 대가로 법정 문제를 해결하기로 약속한다.

재판 과정 중에 약간의 여유가 생긴 투팍은 그해 11월 비기와 그의 사장 디디의 초대를 받아 뉴욕의 한 스튜디오를 찾았다. 그런데 건물에 들어선 순간 투팍은 어느 괴한 무리에게 복부에 세 방, 머리에 두 방의 총을 맞는다. 살해를 노린 범행이었지만 치명상은 아니었던 모양이다. 바로 병원으로 실려 가 세 시간 만에 의식을 회복한 후, 새로운 법정에 선 투팍은 비기와 디디가 초대라는 명분으로 자신을 유인해 공모한 일이라 주장했다. 하지만 확실한 증거는 나오지 않았다. 결국 이 총격전은 정체를 알 수 없는 이가 벌인 단순 강도 사건으로 마무리된다.

피격이 있은 지 2년이 지난 1996년, 투팍과 그의 레코드사 사장 슈그 나잇은 라스베이거스로 마이크 타이슨의 권투 경기를 보러 갔다. 승용차를 타고 돌아오는 길, 신호에 걸려 정차하던 도중 총알이 우수수 쏟아졌다. 총 열두 발을 맞은 투팍은 바로 병원으로 이송된다. 하지만 6일째 되는 날 의식을 완전히 잃는다. 1996년 9월 13일, 담당 의료진들은 "총격으로 인해 심장과 폐의 피가 역류해 이른 사망"이라 발표했다.

투팍의 사망 이후 6개월이 지난 어느 날, 비기는 두 번째 앨범 〈Life After Death〉(1997)의 홍보를 앞두고 캘리포니아를 방문한다. 한 시상식에 참여해 파티를 마치고 차를 타고 돌아가는 길, 투팍의 피격과 마찬가지로 신호 대기 상태에서 셀 수 없이 많은 총알이 쏟아졌다. 그중 네 발이 비기의 가슴에 명중했다. 비기는 언제부턴가 경비원을 고용하고 살았지만, 그 누구도 무차별로 터지는 총탄을 막을 길은 없었다. 근처 병원으로 급히 옮겨졌으나 몇 시간 뒤 사망선고가 내려졌다. 그가 습격을 당한 캘리포니아는 몇 달 전 사망한 투팍의 본거지였다.

6개월 간격으로 두 명의 래퍼가 사망했다. 하지만 그로부터 10여 년이 흐른 현재까지 진범이 밝혀지지 않고 있다. 그저 의심스러운 정황만 이야기될 뿐이다. 투팍이 죽고 난 뒤 그의 절친했던 친구 카다피는 누가 살인자인지 안다면서 증언하려 했다. 하지만 그는 얼마 지나지 않아 의문의 총탄 사건으로 죽었다. 투팍의 살인 용의자로 사장 슈그 나잇이 지목되기도 했다. 사정없이 총기가 난사된 차에 함께 타고 있었는데도 그는 죽지 않았기 때문이다. 하지만 결국 무혐의였다. 비기의 죽음 또한 미제의 사건이 됐다.

미국 음반 산업의 명암을 소재로 한 영화 〈푸시캣 클럽〉(2001)에는 레코드사가 음반 판매량을 높이기 위해 인기 절정의 가수를 비행기에서 떨어뜨려 죽이는 설정이 나온다. 가수가 죽으면 추모의 의미로 유작 앨범이 나올 것이고, 많은 사람들이 슬픔에 동참하면서 앨범을 살 것이기 때문이다. 근본적으로 〈푸시캣 클럽〉은 코미디 영화이기에 과장되어 있다. 하지만 그걸 그저 장난스러운 상상력으로만 보기는 어렵다. 영화가 제작되기 불과 몇 년 전에 유사 사례가 실제로 일어났기 때문이다.

투팍과 비기의 죽음으로 가장 큰 이득을 본 이들은 레코드 관계자들이다. 투팍은 이미 녹음해둔 작품이 많았기에 사후에도 정규 앨범만 무려 여섯 장이 나왔다. 한편 비기는 사망 시점에 나온 2집 〈Life After Death〉을 1천만 장 팔아치웠다. 현재까지 랩 앨범 사상 가장 많이 팔린 작품이다. 세상을 떠난 이들만 명예를 얻은 것도 아니다. 레코드사 사장 퍼프 대디는 비기를 추모하는 싱글 'I'll Be Missing You'를 발표해 빌보드 1위를 차지했다.

죽음 뒤에 태어난 두 래퍼의 노래

초기 시절의 투팍과 비기는 바람직한 경쟁 관계였다. 그러나 두 남자의 경쟁은 레코드사의 경쟁, 즉 투팍이 속한 데스로우 레코드와 비기가 속한 배드 보이즈의 매출 경쟁으로 확대됐다. 나아가 동부 힙합과 서부 힙합이 서로 물어뜯는 계기가 됐다. 애초부터 투팍은 래퍼와 래퍼의 자존심 싸움이라고 말했다. 하지만 호사가들과 미디어들은 이 치열한 두 래퍼의 경쟁을 회사와 지역의 대립으로 부풀렸다.

과열된 관심 속에서 둘의 견제는 점점 수위가 높아졌다. 투팍은 총에 맞아 죽을 뻔한 후로 공개적으로 비기를 살인미수 혐의자로 간주하고, 그를 디스(diss, 공격)하는 노래 'Hit' em Up'를 발표했다. 노래뿐 아니라 매체 인터뷰로 서로에 대한 적개심을 드러내기도 했다. 그러나 전쟁의 결말은 안타깝고 허망했다.

살아 움직이지는 않지만, 그들은 여전히 유령처럼 우리 주변을 서성인다. 각자의 입장을 다룬 두 영화 〈투팍-부활〉(2003), 〈노토리어스〉(2009)도 제작됐다. 투팍은 생전에 죽음을 예견하고 폭풍 같은 속도로 많은 노래를 만들었고, 덕분에 사후에도 끊임없이 앨범이 나왔다. 죽은 사람이 계속해서 신작 앨범을 발표하는 것이다. 반면 비기는 두 장의 앨범으로 활동을 마감했다. 투팍만큼 많지는 않아도 그에게도 생전에 발표하지 않은 작품이 있다. 그리고 두 남자의 랩을 붙여 만든 노래가 영화 〈투팍─부활〉과 함께 2003년 발표됐다. 노래의 제목은 'Runnin'(Dying To Live)'이다. 제목에서는 생을 붙잡을 준비가 되어 있다고 말하지만, 노래 내용은 죽음 앞에서 태연한 인간을 이야기한다.

　　"삶에서 싸움이 전부라면 난 살아갈 필요가 있을까?

　　결국 죽을 텐데 왜 살기 위해 안간힘을 쓸까?"

　　─ 투팍 & 비기 'Runnin'(Dying To Live)' 중에서.

　이어서 비기는 노래한다. "우리의 모습을 바꾸기 위해서 위협을 주는 방법을 난 배워왔어." 투팍도 받아친다. "지금 언론은 나를 시험하고, 질문을 던지면서 스트레스를 주고 있어." 이것은 두 사람 각자의 입장이자 공통된 입장이다. 둘은 같은 운명을 살았다. 자신을 표현하는 동시에 삶을 지키기 위해 랩을 택했다. 하지만 경쟁을 부추기는 언론과 여론은 그들을 난폭한 싸움꾼으로 만들었다. 그들은 죽어야 이 경쟁이 끝난다는 것도 알고 있었다. 결국 같은 방식으로 눈을 감았다. 그들은 죽어서도 한 목소리를 내고 있다. 이토록 잔인하고 비극적인 경쟁은 이것이 끝이어야만 한다고 노래한다.

death

"모차르트의 얼굴을 보면 실망할지도 몰라.
그런 작품을 쓸 것처럼 생기지 않았거든."
"중요한 건 재능이야."
— 영화 〈아마데우스〉 중에서.

작곡가 살리에리와 성악가 카타리나의 대화다.
재능이 곧 매력으로 통하던 시대와 사회에서
모차르트는 카타리나를 사로잡고
살리에리를 질투에 몸부림치게 만든다.
그러나 모차르트는
그 재능을 다 터뜨리지도 못하고
서른여섯에 눈을 감는다.

천재의 죽음이 남기고 간 음악

모차르트 〈Requiem〉(1791)

끝날 때까지 끝난 게 아니다

1791년의 봄, 검은 옷을 입은 누군가가 모차르트(Wolfgang Amadeus Mozart, 1756-1791)를 찾아온다. 신분을 밝히지 않은 그는 수임료로 50두카텐(당시 독일의 금화)을 약속한다. 그리고 모차르트에게 죽은 자의 넋을 위로할 미사곡을 만들어 달라 의뢰한다. 모차르트의 역작 〈레퀴엠〉의 발단이다.

그때의 화폐 가치로 수임료는 어마어마한 금액이었다. 게다가 사전 계약금으로 절반을 먼저 지급하기로 한데다 마감일도 없었다. 자선사업에 가깝다고 느낄 만큼 예술가를 존중한 처사였던 것이다. 다만 단서가 붙어 있었다. 의뢰인이 누구인지 알려고 하지 말 것. 지나치게 행복하면 불행을 예감하는 것처럼, 모차르트는 이 같은 파격적인 제안을 의심했다. 이 묘령의 작업이 자신을 죽일 것이라 직감했다. 추측은 적중했고 그는 이 곡을 쓰다가 결국 눈을 감는다.

당시 모차르트는 의뢰를 거절할 수 없는 처지였다. 오스트리아 출신인 모차르트는 비엔나의 궁중 작곡가로 활동하면서 부지런히 오페라를 써서 부와 명성을 쌓았다. 문제는 버는 것 이상으로 많이 썼다는 것이다. 어린 시절에 아버지의 손을 붙잡고 유럽 구석구석을 여행했던 그는 어른이 된 후에도 한곳에 머무르면 재능이 굳어진다고 믿었다. 여행을 계속하려면 돈이 필요했다. 자존심을 세워줄 값비싼 옷, 담배 파이프 같은 고급 액세서리, 당구 같은 오락도 중요한 소비 품목이었다.

호화스런 생활을 유지하기 위해 모차르트는 계속 일해야 했다. 〈레퀴엠〉의 의뢰가 들어왔을 즈음 그의 마지막 오페라 〈마술피리〉가 초연을 앞두고 있었다. 얼마 전 손대기 시작한 〈클라리넷 협주곡〉도 끝을 봐야 했다. 숨 가쁜 일정을 마무리한 후 그해 9월 모차르트는 〈레퀴엠〉을 겨우 작업하게 된다. 하지만 이미 몸은 만신창이였다. 그리고 작업이 시작된 지 3개월 만에 그는 세상과 작별했다.

그는 갔지만 곡은 완성됐다. 그의 아내 콘스탄체, 그리고 모차르트의 총애를 받으며 당대의 유망주로 손꼽히던 그의 제자이자 〈레퀴엠〉의 전말을 모두 이해하고 있던 프란츠 크사버 쥐스마이어가 바쁘게 움직인 덕분이다. 콘스탄체는 생전의 모차르트가 높게 평가한 작곡가 요제프 레오폴트 아이블러를 찾아 후반작업을 부탁했다. 그는 작업을 맡지만, 모차르트의 명성이 주는 부담과 씨름하다가 곧 포기하고 만다. 중단된 작업을 마무리한 사람은 쥐스마이어였다. 그는 모차르트가 스케치로 남긴 〈레퀴엠〉을 음률로 복원한다.

결국 지금 우리가 접하는 〈레퀴엠〉의 도입부만이 모차르트의 작품이라는 것이 연구가들의 주장이다. 하지만 완벽하게 믿을 수는 없다. 후반부는 온전히 쥐스마이어의 손길로 완성됐지만 후대의 이름 모를 여러 작곡가와 지휘자가 모차르트의 성향에 맞춰 수정한 결과, 오늘의 작품으로 굳어졌다는 학설도 있다.

〈레퀴엠〉의 의뢰자는 누구일까?

모차르트는 수많은 일화를 남긴 인물로 유명하다. 일례로 그는 어린 시절 파리를 여행하던 중에 어느 궁전에서 갑자기 넘어진 적이 있다. 그때 또래 소녀가 다가와 그를 일으켜 줬는데, 평범한 소녀가 아니었다. 프랑스 왕 루이 16세의 왕비 마리 앙트아네트였다.

Wolfgang Amadeus Mozart

남긴 작품이 너무 많아서 생긴 의혹도 있다. 모차르트의 생애와 함께 작품 생산 및 채보 속도를 계산해볼 때 인간이 도저히 할 수 없는 일이기 때문이다. 여기서 알레아토닉이라 불리는 주사위 이론이 나왔다. 이미 176개의 마디를 미리 만들어 놓고, 랜덤이 가능한 표를 작성한 후 주사위를 굴려 마디와 마디를 붙였다는 얘기다. 오늘날의 연구 결과에 따르면 이런 방식으로 약 9천억 개가 넘는 곡을 만들 수 있다고 한다.

전설적인 일화가 있는 작품은 단연 〈레퀴엠〉이다. 미완의 작품인데다 앞서 이야기했던 의문의 의뢰자 때문이다. 의뢰자를 살리에리라고 보기도 한다. 익히 알려져 있듯 그는 하필 모차르트와 같은 시대에 태어나서 평생 질투에 몸부림쳐야 했던 비운의 작곡가다. 이것은 보통 사람을 상징하는 살리에리와 모차르트의 일생을 다룬 밀로스 포먼 감독의 영화 〈아마데우스〉(1984)가 다루는 내용이다.

영화 속 모차르트는 집에서 곡을 쓰는 일에만 몰두한다. 하지만 가리는 일이 너무 많아 업계에서 신뢰를 잃은 상태다. 무능한 가장 대신 그의 아내 콘스탄체가 부지런히 움직일 수밖에 없다. 남편의 악보를 들고 여기저기 수소문하면서 그녀는 호소한다. "남편은 게으른 게 아니라 씀씀이가 과합니다. 바쁘게 일하지만 세상 물정에 어두운 사람입니다."

영화에 따르면 모차르트가 몰락해가던 시점, 살리에리는 복면을 쓰고 그를 찾아가 〈레퀴엠〉을 의뢰한다. 많은 돈을 안겨준 후 거듭 작업을 압박하면서 모차르트의 피를 말린다. 때때로 살리에리는 복면을 벗고 태연한 표정으로 그를 찾아가 돕기도 한다. 모차르트와 함께 작업하며 밤을 지새우기까지 했다. 그의 도움을 얻어 혼미한 정신으로 작업에 널숭아닌 모차르트는 끝을 마치지 못하고 눈을 감는다. 심신을 엉망으로 만들어 모차르트를 죽이려던 살리에리의 계획이 결국 성공한 것이다. 원하는 바를 이루었지만 살리에리는 전혀 행복하지 않았다. 모차르트가 세상을 뜬 이후 죄책감과 열패감에 시달리던 살리에리는 여생을 정신병원에서 보내고 만다.

한편 역사학자들은 영화 〈아마데우스〉와 달리 복면의 사내가 다른 사람이라고 보고 있다. 그들이 주장하는 유력한 의뢰자는 프란츠 폰 발제크 백작이다. 백작의 아내가 죽음을 바라보던 시기와 의뢰 시점이 얼추 일치하기 때문이다. 모차르트와 그의 아내가 죽은 지 2년이 지난 1793년 12월 14일, 백작은 개인 음악회를 열어 직접 지휘해 〈레퀴엠〉을 소개했다는 기록이 있다. 백작이 〈레퀴엠〉을 자신의 곡으로 위장하고자 비밀 프로젝트를 진행했던 것이다. 권력자가 재능을 돈으로 사서 자신의 것으로 소유하는 일이란 비일비재했다. 음악가는 후원자가 있어야 작품 활동을 할 수 있는 시절이었다. 후원자를 찾지 못하면 궁중에서 일하면서 귀족들의 무도회 춤곡을 만들 수밖에 없는 형편이었다. 하지만 역사는 진실의 편에 섰다. 프란츠 폰 발제크는 돈으로 예술을 매입한 파렴치한 귀족으로 지금까지도 사람들의 입에 오르내린다. 명예는 결국 모차르트한테 갔다.

〈레퀴엠〉은 죽은 자를 위로하는 위대한 음악의 대명사로 통한다. 떨떠름하고 불안한 계약으로 시작한 작품인데다 모차르트가 작곡한 부분을 60%라 보는 사람도 있고, 10%라고 보는 사람도 있을 만큼 해석이 분분하지만, 미완성 작품조차 사람들은 명불허전이라 칭송한다. 쥐스마이어를 비롯해 시대의 전문가들이 모차르트 작법을 존중해 곡을 완성했을 만큼 그의 예술적 입지는 공고했기 때문이다.

모차르트는 이 같은 명예를 독점하지 않고 후대의 인물들과 나눴다. 곡을 해석하는 명성의 지휘자들을 남긴 것이다. 카라얀, 아르농쿠르, 칼 뵘, 헤레베헤, 호그우드 등 현대 지휘자 사이에서 누가 해석한 〈레퀴엠〉이 가장 훌륭하고 매력적인지에 관한 논의는 지금까지도 끊이지 않는다.

삶과 죽음의 기로에서 명작이 탄생하다

〈레퀴엠〉은 장례의 용도로 출발해 웅장한 현악과 합창을 쏟아부으며 길게 진행된다. 떠나간 영혼을 기리는 동시에 죽음이란 두려운 것이 아니라고 일깨우는 작품이다. 일단 창조자부터가 죽을 것을 알면서 〈레퀴엠〉을 썼다. 생사의 기로에서 혼을 쏟은 모차르트의 작품은 영혼이란 존재하기 마련이며, 그리하여 죽음이란 소멸이 아니라고 주장한다. 우리의 삶과 죽음도 그렇게 숭고할 수 있다고 위로하는 것처럼. 남다른 사후세계에 대한 확신 때문이었을까. 모차르트는 결코 죽음을 두려워하지 않았다. 영원히 눈감을 때까지 하던 일을 계속하는 것이야말로 모차르트 일생일대의 숙명이었다고 〈레퀴엠〉은 증언한다.

생애로부터 250여 년이 지난 지금까지도 모차르트는 불멸의 이름으로 살아간다. 차이코프스키는 말했다. "나는 모차르트의 작품세계를 이해하면서 음악가를 꿈꿨다." 1840년 나폴레옹 1세의 유해가 프랑스로 운구되었을 때, 그리고 1849년 쇼팽이 사망했을 때, 죽은 자를 위로하는 〈레퀴엠〉이 흘렀다. 하이든은 이렇게 말했다. "다른 어떤 일도 하지 않고 현악 4중주와 〈레퀴엠〉만을 남겼어도 모차르트는 영원한 명성을 얻기에 충분했을 것이다." 알버트 아인슈타인도 말을 보탰다. "죽는다는 것은 더는 모차르트를 들을 수 없는 일이다."

4장

음악, 사랑을 유혹하는 멜로디

―사랑을 외치는 노래―

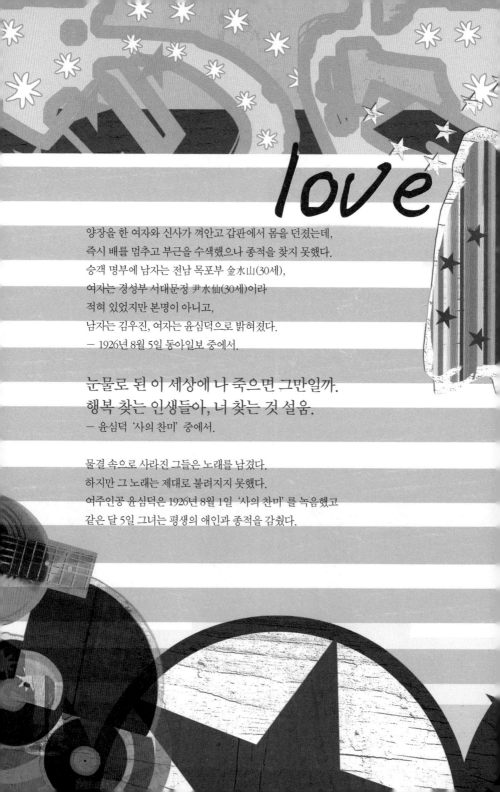

love

양장을 한 여자와 신사가 껴안고 갑판에서 몸을 던졌는데,
즉시 배를 멈추고 부근을 수색했으나 종적을 찾지 못했다.
승객 명부에 남자는 전남 목포부 金水山(30세),
여자는 경성부 서대문정 尹水仙(30세)이라
적혀 있었지만 본명이 아니고,
남자는 김우진, 여자는 윤심덕으로 밝혀졌다.
- 1926년 8월 5일 동아일보 중에서.

눈물로 된 이 세상에 나 죽으면 그만일까.
행복 찾는 인생들아, 너 찾는 것 설움.
- 윤심덕 '사의 찬미' 중에서.

물결 속으로 사라진 그들은 노래를 남겼다.
하지만 그 노래는 제대로 불러지지 못했다.
여주인공 윤심덕은 1926년 8월 1일 '사의 찬미'를 녹음했고
같은 달 5일 그녀는 평생의 애인과 종적을 감췄다.

사랑 앞에서 돈도 명예도 다 부질없다네

윤심덕 '사의 찬미' (1926)

결국 신파를 택한 만인의 연인

1926년 8월 5일 시모노세키와 부산을 오가는 관부연락선 도쿠주마루. 어느 남녀가 부둥켜안고 바다에 몸을 던진다. 물로 뛰어드는 남녀를 아무도 보지 못했다. 다만 그들이 남긴 유품이 발견됐다. 현금 160원과 금시계, 장신구 몇 개. 그리고 이름도 남았다. 윤심덕(1897 – 1926)과 김우진(1897 – 1926)이라 했다.

일본 유학 시절 운명적으로 만난 윤심덕과 김우진은 각각 미혼녀와 유부남, 즉 불륜 관계였다. 거기에 더해 자산가와 지식인이라는 화려한 배경이 엮였다. 먼 옛날 동반 자살을 택한 이 위험한 로맨스는 김호선이 감독하고 장미희와 임성민이 주연한 영화 〈사의 찬미〉(1991)에 세밀하게 묘사되어 있다. 이 영화는 윤심덕의 노래와 열정, 그녀의 사랑과 생애를 이해하는 중요한 자료가 되었다.

"다 부질없는 것을 가지고, 너무 숨차게 살아온 것 같아." 영화속 윤심덕은 회한의 대사를 읊는다. 그의 정인 김우진도 끄덕인다. "우리, 함께할 것이 더 남아 있소?" 속세에 대한 미련이 없는 두 남녀는 곧 현해탄의 깊고 푸른 바다로 뛰어든다.

도쿄음악대학 성악과 재학 중이던 윤심덕은 만인의 연인이다. 위대한 민족음악가인 홍난파도 영화에서 "시집가기 싫어? 그럼 내가 장가를 가면 되지" 같은 썰렁한 말장난으로 그녀에게 구애하는 남자로 등장할 정도다. 홍난파와 친구인 윤심덕은 그의 소개로 동우회 극단 멤버들과 인연을 쌓고, 극단 소속 한국 유학생 여럿의 사랑을 독차지한다. 윤심덕에게 마음을 빼앗긴 후 자신의 사랑이 이루어지지 못할 거라 생각해 스스로 목숨을 끊는 친구까지 있었다.

매혹의 윤심덕은 무리 가운데에서 가장 인정머리 없는 동료인 극작가 김우진에게 마음을 연다. 김우진은 목포 어느 사대부집안의 장손으로, 와세다대학 영문학과 재학 중이던 학생이다. 둘은 윤심덕이 실수로 김우진의 원고에 커피를 엎지르는 작은 소동으로 처음 만난다. 이런저런 충돌로 거듭 다투다가 종국에는 서로의 사랑을 확인하게 된다. 만인의 사랑을 받던 여인이 결국 그중 가장 까칠한 캐릭터를 택하는 과정은 오늘날의 〈꽃보다 남자〉와 크게 다르지 않아 보인다.

그러나 1920년대의 성악하는 '금잔디'의 운명은 결코 순조롭지 않다. 성악부터가 희귀한 분야였다. 연애도 문제였디. 김우신이 이미 혼인한 몸으로 처자식을 고향에 두고 유학길에 올랐기 때문이다. 연애관부터 인생관까지 윤심덕은 자유롭게 행동하고 싶을 뿐인데, 언론과 소문은 그녀를 가만 놔두질 않았다. 윤심덕은 한숨을 쉰다.

"사람은 뭐고 또 남자는 뭐지. 난 내 생각대로, 내가 마음먹은 대로 살아왔을 뿐이야. 나는 남들도, 자신도 속이지 않으면서 살아왔어."

김우진 역시 힘들다. 한때 그는 "당신을 위해 이 먼 곳을 달려왔소!"라고 연인에게 뜨겁게 고백하던 남자였지만 윤심덕과 사랑을 이어가려면 고향의 순박한 아내와 가정은 물론 가업을 이어나가길 종용하는 아버지와 충돌할 수밖에 없다. 아울러 윤심덕과 예술적 레벨을 맞추기 위해 문인으로서 별로 타오르지도 않는 예술혼과 씨름하면서 진정한 작품을 써야 한다. 그런데 작품이 영 풀리지 않는다. 불안과 위기가 찾아오자 김우진은 비겁하게도 고립과 주색을 택한다.

윤심덕도 힘든 것은 마찬가지다. 미리 잡힌 그녀의 공연마저 불거지는 구설수로 취소된다. 그나마 설 수 있는 무대는 그녀의 고상한 클래식을 인정하지 않는다. 관객 동원에 유리한, 뻔한 노래만을 요구할 뿐이다. 심지어 그녀에게 일본 총독부의 기쁨조 노릇까지 하라고 한다. 그래도 윤심덕은 무대에 선다. 뼛속까지 양반 마인드인 김우진과 달리 윤심덕은 사극 부상을 외면할 수 없는 처지였기 때문이다. 그리고 세상이 아무리 자신을 능멸해도 스스로를 조롱하지 않는 강인한 캐릭터였기 때문이다.

　그런데 이 쿨한 여자가 연애를 지속하는 과정은 아이러니하게도 철저히 신파적이다. 매번 실망하고 상처받으면서도 사랑하는 이에게 자비를 잃지 않는다. 윤심덕은 점점 난폭한 바보가 되어가는 김우진을 끊임없이 어르고 달랜다. "세상눈이 밝은 사람이 왜 자꾸 술로 변명을 찾아. 당신은 김우진, 진실한 글을 쓸 수 있는 사람이야." 그러나 김우진에게 남아 있는 건 뜨거운 사랑과 예술이 아니라 강렬한 허무다. "우리는 시대를 잘못 타고난 사람이 아닐까."

　어쩌다 사랑의 노예가 되어 단맛과 쓴맛을 두루 경험한 그들은 선상을 배경으로 간절한 눈빛을 주고받는다. 부둥켜안은 그들은 함께 세상을 등지기로 한다. 아득한 망망대해에 함께 몸을 던지는 것으로.

국내 최초 소프라노의 기구한 운명

생전의 윤심덕은 성악가였지만 노래로 크게 주목받지 못했다. 실력 이전에 드라마 같은 연애사가 부각된 탓도 있지만, 그녀의 노래를 제대로 평가할 수 없는 시대를 살았기 때문이다.

영화 〈사의 찬미〉는 시대와 충돌할 수밖에 없었던 윤심덕의 성향을 보여준다. 무대 일정이 잡힐 때면 윤심덕은 베르디가 누군지도 모르는 무지한 공연 감독을 설득해야 한다. "늘 똑같은 서양민요만 부르라 하지. 나를 기생 취급하니까. 꼭두각시로 살라는 거지. 세상은 순수음악의 황무지야." 아예 노래를 접고 배우로 전업하라는 주문까지 따르자 그녀는 성토한다. "나더러 광대 노릇을 하라고? 내 전공은 성악이야!" 하지만 고집은 오래 가지 못했다.

1926년 7월, 윤심덕은 음반을 취입하고자 오사카의 닛토레코드 회사로 갔다. 아마도 내키지 않았을 '매기의 추억' 등 대중적인 서양민요를 열 곡 녹음한 후, 8월 1일 레코드사 대표를 설득해 서양 선율에 자신이 노랫말을 쓴 '사의 찬미'를 추가로 녹음했다. 그렇게 자의로 녹음한 '사의 찬미'는 평생 고고하게 살고 싶었던 성악가가 잡고 있는 마지막 자존심이었을지 모른다.

'사의 찬미'는 이오시프 이바노비치의 〈다뉴브 강의 잔물결〉 (1880)에서 멜로디를 가져왔다. 원래는 군악대용 관악 음악이었으나 승리의 팡파르가 터지기 전까지 구슬프게 흐르는 선율이 나중

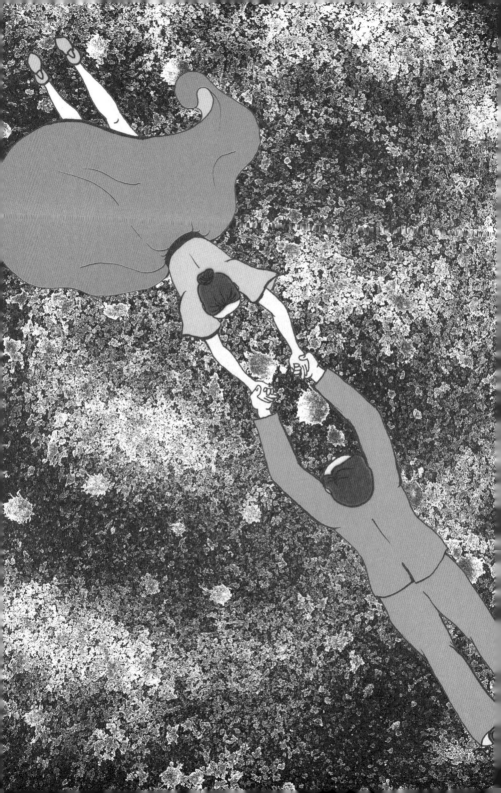

에 피아노로 편곡되면서 클래식으로 통하기 시작했다. 하지만 그 시절 윤심덕의 클래식은 모든 선구자들의 운명이 그러하듯 처절하게 외로운 분야였다.

윤심덕은 국내 최초의 성악가, 최초의 소프라노, 아울러 음반을 취입한 최초의 대중음악가로 통한다. 이 최초의 인물이 부른 '사의 찬미'는 지금까지 한국 가요사의 기원이 되는 노래다. 최초의 성악곡이면서 상업적으로 소구된 대중가요, 최초의 번안곡이다. 아울러 윤심덕은 국내 최초의 국비장학생, 즉 최초의 관비유학생이자 1920년 동경음악대학을 졸업한 최초의 조선인이다. 1910년대의 대중음악은 시조 가사와 판소리였다는 것을 상기한다면 이 최초의 인물이 부르는 최초의 노래가 그 시대의 구미에 제대로 맞을 리 없었다.

윤심덕이 최초의 여성 인텔리 음악인이 된 배경은 가풍에서 출발한다. 평양 출신의 부모가 일찍 기독교를 받아들인 덕분에 자녀들은 신식 교육의 혜택을 얻고 일찍 음악적 재능을 발견할 수 있었다. 윤심덕 말고도 음악적 인재가 많이 나온 집안이다. 여동생 윤성덕은 나중에 피아니스트가 됐다. 남동생 윤기성은 미국 유학을 마치고 돌아온 바리톤 성악가였다.

경성여자고등보통학교를 졸업한 후 윤심덕은 교편을 잡는다. 그 후 총독부의 후원을 받아 동경음악대학에 입학하면서 본격적으로 성악을 공부한다. 그때 친구 홍난파를 통해 일본유학생들의 모임 '순례극단'과 인연을 맺게 되는데, 여기서 분야는 다르지만 예술을 논할 수 있는 김우진을 만났다. 유학을 마치고 돌아온 그들은 연극과 성악 등 다양한 예술공연을 준비하지만 잘 풀리지 않았다. 도덕을 거스르는 윤심덕과 김우진의 연애도, 너무 일찍 눈 뜬 예술적 합의도 사회는 수긍하지 못했나.

윤심덕은 뭐라도 해야 했다. 부모 덕분에 파격적인 교육을 받았지만 집안이 넉넉했던 건 아니었기 때문이다. 그녀에겐 가족을 부양할 책임이 있었다. 윤심덕이 스물여덟 때 이용문이라는 남자와 혼담이 오갔는데, 처음엔 거부하던 그녀가 나중에 다시 찾아갔다는 이야기가 전해진다. 윤심덕이 남동생의 유학 자금을 마련하기 위해서였다. 시간이 흘러 그녀는 무대와 분야를 가리지 않고 노래하게 되는데, 역시 같은 이유에서였다.

희대의 스캔들, 무엇이 진실일까

음악평론가 이영미는 저서 〈흥남부두의 금순이는 어디로 갔을까〉에서 윤심덕의 '사의 찬미'를 두고 "할머니 찬송가"라는 표현을 썼다. 윤심덕이 추구한 낭만과 격정의 일생에 찬물을 끼얹은 참 낭만 없는 묘사다. 그런데 틀린 말이 아니다. 4분 42초짜리 오리지널 버전은 정말로 우리의 할머니들이 손을 모으고 진지하게, 실은 촌스럽게 노래하는 것처럼 들린다. 사실 지금의 관점으로 촌스럽지, 민요와 판소리의 전통이 공고했던 80여 년 전이라면 얼마나 낯설고 불편했을까.

그렇게 낯선 노래였지만 윤심덕의 '사의 찬미'는 그 시절 무려 10만장 가량을 팔아치운 전설적인 기록을 세운다. 재생장비의 보급에도 한계가 있을 시대인데 놀라운 수치다. 노래 자체에 쏟아진 열광적인 반응은 아닐 것이다. 윤심덕에 대한 세상의 속된 관심들, 그리고 노래 취입 직후 애인과 함께 돌연 사라졌다는 극적인 스캔들의 효과일 공산이 크다.

윤심덕은 그야말로 금단과 극단으로 자신을 내던진 과감한 여인이었다. 사람살이의 허무를 노래하는 '사의 찬미'는 제목부터가 생의 덧없음을 말하기 위해 죽음을 찬양하고 있다. 그녀가 직접 써내려간 가사는 매혹적인 죽음을 택한 윤심덕의 인생과 일치했다. 그래서 '사의 찬미'의 취입 배경이 음반의 세일즈 전략이었다는 의혹도 있었다. 윤심덕과 김우진의 사망 혹은 실종은 아예 허구였으며, 어느 무명가수가 취입한 '사의 찬미'를 더 많이 팔기 위해서 레코드사가 지어낸 이야기라는 것이다.

두 남녀의 실종 혹은 사망을 부정하는 근거는 계속해서 나왔다. 당시 신문의 보도에서 보듯 두 남녀가 몸을 던지자마자 배를 세우고 수색했다지만 시신을 찾을 수 없었기 때문이다. 사건의 내막을 알 수 없지만 그들이 동반자살로 위장해 제3의 장소에서 새로운 인생을 찾았다는 설도 있었다. 얼마나 과장된 것인지 알 수는 없지만, 이탈리아에서 김우진과 윤심덕이 어느 악기상 직원으로 일하는 것을 봤다는 목격담이 따랐기 때문이다. 자살의 동기치고는 그들의 관계가 대수로울 것 없는 관계였다는 수상도 제기됐다. 지식인들 사이에서는 매우 흔한 연애였기 때문이다. 당시는 윤심덕 같은 미혼의 신여성과 김우진처럼 처자식을 두고 학업을 계속하는 남자의 연애가 많던 시대였다.

무성한 소문 속에서 노래도 변했다. 윤심덕이 부르는 '할머니 찬송가' 말고도, 또 다른 '사의 찬미'가 있다. 흔히들 기억하는 "이래도 한세상 저래도 한평생 돈도 명예도 사랑도 다 싫다"라는 가사가 흐르는 노래로, 가요에 더 가깝게 속화된 버전이다. 유명한 노랫말이지만 놀랍게도 윤심덕이 직접 부르고 쓴 오리지널 버전에는 이런 가사가 없다. 순수 클래식을 추구한 윤심덕은 평생 민요를 거부했으나, 윤심덕의 노래는 입으로 전해지면서 가사가 바뀌어버린 것이다.

윤심덕과 김우진은 영화나 드라마보다 치명적인 현실을 살다가 갔다. 세상은 둘의 연애를 그토록 비난하면서도 그들의 남다른 일생에 적극적으로 눈과 귀와 입을 열었다. 소문을 부풀리는 것도 모자라 없는 가사까지 붙여놓았다. 성악을 기어이 민요로 바꿔놓은 것이다. 낭만과 비극과 파격 그리고 세상의 해석까지 고루 섞인 역대급 스캔들이다.

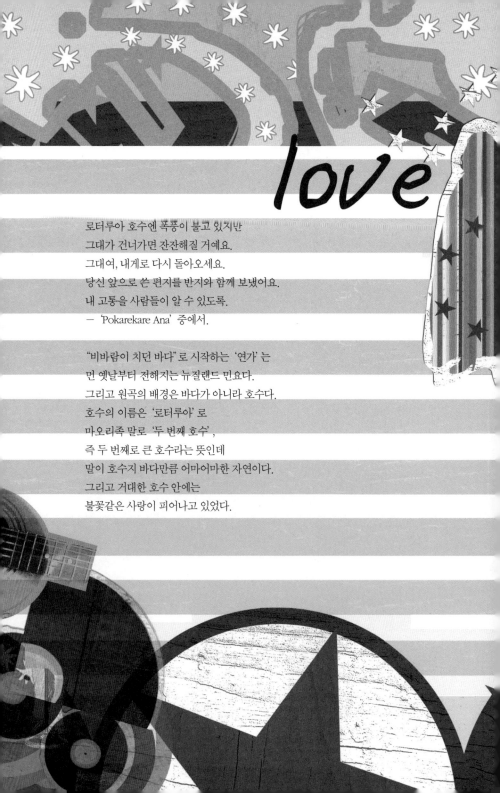

love

로터루아 호수엔 폭풍이 불고 있지만
그대가 건너가면 잔잔해질 거예요.
그대여, 내게로 다시 돌아오세요.
당신 앞으로 쓴 편지를 반지와 함께 보냈어요.
내 고통을 사람들이 알 수 있도록.
— 'Pokarekare Ana' 중에서.

"비바람이 치던 바다"로 시작하는 '연가'는
먼 옛날부터 전해지는 뉴질랜드 민요다.
그리고 원곡의 배경은 바다가 아니라 호수다.
호수의 이름은 '로터루아'로
마오리족 말로 '두 번째 호수',
즉 두 번째로 큰 호수라는 뜻인데
말이 호수지 바다만큼 어마어마한 자연이다.
그리고 거대한 호수 안에는
불꽃같은 사랑이 피어나고 있었다.

호수에서 피어난 불꽃같은 사랑

파레어 토모아나 'Pokarekare Ana' (1914)

뉴질랜드의 로미오와 줄리엣

로터루아 호수는 뉴질랜드 원주민 마오리족의 심장으로 불린다. 가장 큰 호수 로터루아를 중심으로 열두 개의 호수가 그림 같이 펼쳐져 있다. 각 호수마다 섬을 품고 있을 정도로 규모가 방대하다. 한편 로터루아 호수는 얼마 남지 않은 소수민족의 터전이다. 13세기 카누를 타고 열대지방에서 이주해온 부족이 자리를 잡은 후 그 후예들이 지금까지 살아가고 있다. 사람보다 양과 젖소가 더 많아 문명의 흔적이 좀처럼 느껴지지 않는 곳이다.

더없이 평화로운 자연 안에서 가끔 전쟁이 일어났다. 섬과 호수를 경계로 삶의 구역이 명확하게 분리되었지만, 이따금씩 호수를 건너온 침략자들이 있었기 때문이다. 하지만 모두가 전쟁을 목적으로 호수를 가로질렀던 건 아니다. 어떤 젊은이들은 사랑 앞에 목숨을 걸고 호수의 물길과 싸웠다. 이를테면 뉴질랜드식 로미오와 줄리엣인데, 그들의 이름은 투타네카이와 히네모아다.

히네모아는 아리와 족장의 딸이었다. 투타네카이는 옆 마을 휘스터 부족 족장의 아들이었다. 아리와족과 휘스터족은 마오리족 사이에서 가장 다툼이 치열했던 사이다. 그러나 그건 권력자들의 이야기이고 족장들의 이권 다툼에 불과했다. 히네모아와 투타네카이는 아버지들의 냉혹한 세계에 아직 눈뜨지 못한, 호기심 많고 순박한 청춘일 뿐이었다.

투타네카이는 저녁이면 홀로 피리를 불었다. 그리고 어느 날 막연히 피리소리에 이끌린 히네모아는 홀린 사람처럼 카누를 타고 소년의 섬으로 찾아왔다. 둘은 만나자마자 사랑에 빠져버렸고, 소년의 피리는 매일 밤 정인을 부르는 신호가 되었다. 해질녘 소년이 피리를 불면 소녀가 찾아와 격렬한 사랑을 나누고 새벽 무렵에야 돌아갔다. 그러나 꼬리가 길면 잡히는 법이다. 딸을 수상하게 여겨 뒤를 좇은 아버지는 격노하고, 딸을 단속하는 의미로 카누를 죄다 불태워버렸다.

배를 없앴다 한들 불붙은 사랑을 통제할 수는 없었다. 피리소리는 멎을 줄 몰랐고, 소녀는 스스로 배가 되었다. 온몸에 표주박을 달고 한밤의 차가운 로터루아 호를 가로질렀다. 수심은 11m, 거리는 3km가 넘었다. 사랑에 눈 먼 소녀는 깊고 아득한 물길을 맨몸으로 완주한 것이다.

딸이 사라지는 통에 이틀간 발을 동동 굴렀던 히네모아의 아버지는 마침내 마음의 문을 열었다. 자식의 사랑에 두 손 두 발을 다 든 아버지는 곧 훠스터족을 찾았고, 휴전 협상에 이른다. 더는 두 부족이 서로를 경계할 일도, 전쟁을 선포할 일도 없어졌다. 젊은 남녀의 뜨거운 사랑이 갈등하던 두 부족의 평화를 가져온 것이다.

로미오와 줄리엣은 함께 죽는 것으로 영원한 사랑을 맹세했다. 그러나 히네모아와 투타네카이의 사랑은 어떤 희생도 없는 행복한 결말을 향했다. 그리고 이 그림 같은 사랑 이야기는 언제부턴가 노래로 불리기 시작했다. 'Pokarekare Ana'의 기원이다. 제목은 그들의 언어로 '영원한 밤의 우정'을 뜻한다. 우리에게는 "비바람이 치던 바다"로 시작하는 '연가'로 잘 알려진 곡이다.

만들어진 전설, 살아 있는 전설

이 낭만을 무참히 으깨는 냉정한 기록이 있다. 엄밀히 말하면 소녀와 소년의 사랑 이야기는 '만들어진 전설'이다. 오늘날 'Pokarekare Ana'의 가사는 "로터루아 호수엔 폭풍이 불고 있지만"으

Pokarekare Ana

로 시작한다. 하지만 먼 옛날부터 전해진 원곡의 가사는 "와이아푸 기슭엔 폭풍이 불고 있지만"이다. 와이아푸는 뉴질랜드 북섬의 동부 지역을 흘러가는 강의 이름이다. 뉴질랜드에서 불리던 노래가 어느 순간 유럽을 기점으로 세계로 퍼져나가면서 논란이 시작됐다. 세계적인 관광지로 부상하는 로터루아를 띄우기 위해서 노래의 가사를 바꿨기 때문이다.

노래를 만든 이는 뉴질랜드 호크스베이 지방의 마오리족 대표였던 파레어 토모아나(Paraire Tomoana, ?–1946)로 본다. 그는 평생 부족의 인권 보장에 힘써온 인물이다. 또한 마오리족의 신문

〈토아 타카티니(Toa Takatini)〉의 편집자로 일한 지식인이다. 그는 음악에도 두각을 나타냈는데 'E Pari Ra' 'Hoera Te Wake Nei' 'Hoki Hoki' 등의 작품을 남겼다. 즉 그는 미디어와 예술 모두를 쥐고 있었던 권력자였다.

파레어 토모아나의 가장 유명한 작품은 'Pokarekare Ana'이다. 그가 가사를 썼지만 선율까지 만들지는 않았다. 'Pokarekare Ana'는 마오리족 사이에서 오랜 세월 떠돌던 멜로디에 가사를 붙여 파레어 토모아나가 1921년 저작권 협회에 등록한 노래다. 그가 만든 것이 아니라고 주장하는 이들이 있으나 지금까지 노래의 로열티는 그의 유족들에게 돌아가고 있다. 공식 발표자가 파레어 토모아나이기 때문이다. 언론기관 경력은 그를 영민한 저작권자로 만들었다.

그는 1912년 열여덟 살 소녀 쿠이니(Kuini)에게 구애의 편지를 썼다. 편지에는 지금까지 전해지는 'Pokarekare Ana'의 가사 일부가 적혀 있었다. 이듬해 그는 쿠이니에게 청혼하면서 마오리족 남녀의 전통 미팅 장소인 마라에(marae)에서 노래를 처음 공개한다. 즉 영향력 있는 부족의 대표가 사랑을 약속하는 순간에 청중 앞에서 부른 노래다. 'Pokarekare Ana'는 곧 부족들 사이에서 빠른 속도로 확산되었다.

파레어 토모아나는 마오리족과 뉴질랜드로 이주한 서양인의 융

합 정책으로 이 노래를 활용했다. 제1차 세계대전을 앞두고 마오리족 출신 군인을 양성할 수단으로 노래를 동원한 것이다. 원주민을 통솔할 수 있었던 그는 군인 자금을 모금하기 위해 극단을 만들었다. 춤을 곁들인 마오리족의 정기 공연에는 'Pokarekare Ana'가 단골 레퍼토리로 자리를 잡았다. 이 공연은 지금까지도 로터루아 지역 관광의 대표상품으로 통한다.

노래가 세계로 나아간 시기는 제1차 세계대전 즈음이다. 연합군으로 파병된 뉴질랜드 병사들을 통해서다. 참전한 군인들은 마오리족, 그리고 마오리족의 근거지에서 군사훈련을 받던 이들로 구성되어 있었기 때문이다. 이어서 그들은 또 다른 전쟁에 참여했다. 5,000여 명의 뉴질랜드 병력이 한국전(1950~1953)에 투입되었다. 집을 떠나 목숨을 담보로 싸우는 동안, 여유가 생기고 고향에 대한 그리움이 찾아올 때쯤이면 그들은 'Pokarekare Ana'를 흥얼거렸다. 어린 날부터 친숙한 노래이자 떠나온 곳을 생각할 때면 흘러나오는 노래였다. 뉴질랜드 병사들의 노래는 자연스럽게 한국인에게 스며들었다.

20세기의 격동을 거치면서 노래는 꾸준히 구전됐다. 자연스럽게 한국 감수성에 맞는 새로운 가사를 입었고, 원래 3박자였지만 입에서 입을 거치면서 부르기 쉬운 2박으로 바뀌었다. 곡에 담긴 역사 이전에 아름다운 멜로디에 이끌린 이들은 유행처럼 통기타를 곁들여 노래하기도 했다. 1970년대 캠퍼스를 누비던 대학생들이 그랬다. 작품을 발표한 경우도 있었다. 이규대와 조연구로 구성된 포크 듀오 바블껌이다. 그들이 부른 '연가'는 박인희의 '모닥불', "조개 껍질 묶어"로 시작하는 윤형주의 '라라라'와 함께 오래 애창된 노래다.

로터루아에 사는 마오리족은 현재 지역 인구의 약 20%를 차지한다. 그들의 터전 로터루아는 화산 폭발 지역으로, 화산은 숱한 호수를 만들었다. 지열지대의 골짜기마다 김이 무럭무럭 솟아오른다. 화산 활동 때문에 호수의 빛깔은 노란색과 푸른색이 섞여 있다. 사진만 봐도 가슴이 두근거리는 숭고한 자연이다.

전설을 믿든 비판하든 'Pokarekare Ana'는 여전히 우리를 꿈결 같은 자연으로 데려간다. 호수가 됐든 바다가 됐든 이 곡은 아름다운 자연을 묘사하는 노래다. 그리고 간절한 사랑의 이야기가 실려 있다. 말없는 자연, 그리고 자연을 벗 삼아 살아온 이들 앞에서, 노래의 내용이 허구라 주장하는 사람들은 일순간 설득력을 잃는다. 차가운 물살을 가로질러 얻은 사랑의 이야기, 마침내 화해에 이른 부족의 스토리까지 모든 것을 믿게 된다.

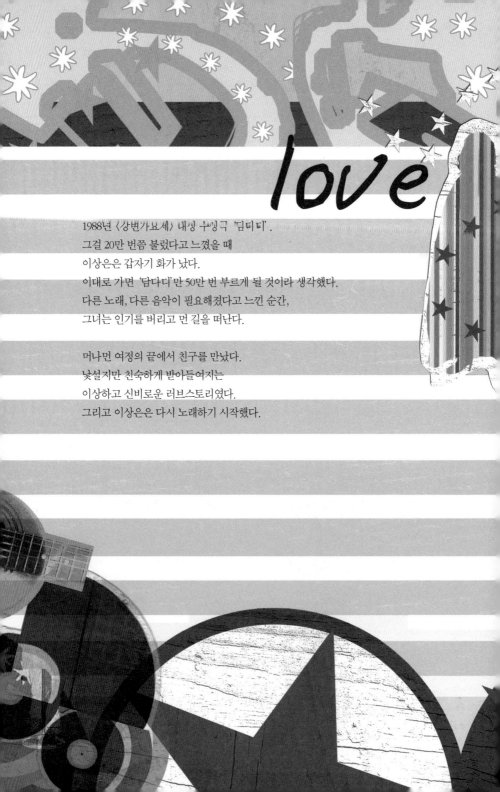

love

1988년 〈강변가요제〉 대상 수상곡 '담다디'.
그걸 20만 번쯤 불렀다고 느꼈을 때
이상은은 갑자기 화가 났다.
이대로 가면 '담다디'만 50만 번 부르게 될 것이라 생각했다.
다른 노래, 다른 음악이 필요해졌다고 느낀 순간,
그녀는 인기를 버리고 먼 길을 떠난다.

머나먼 여정의 끝에서 친구를 만났다.
낯설지만 친숙하게 받아들여지는
이상하고 신비로운 러브스토리였다.
그리고 이상은은 다시 노래하기 시작했다.

한국 로맨스의 기원을 찾아서

이상은 '공무도하가' (1995년)

사랑했기에 죽음마저 따르다

한국 최초의 국가인 고조선의 역사는 그 아득한 시절부터 시작된다. 기원전 2333년. 무려 24세기 전이다. 그 실감나지 않는 머나먼 시절부터 전해져 내려오는 구슬픈 이야기가 있다. 정확한 제작 연대는 아직까지 밝혀진 바 없지만 〈해동역사〉 〈대동시선〉 〈청구시초〉 〈열하일기〉와 같은 옛 문헌이 거듭 이야기한 내용이다.

이야기를 들려주는 사람은 곽리자고라는 이름의 뱃사공이다. 그는 새벽에 일어나 배를 손질하고 있었다. 그러다 호리병을 허리에 끼고, 이성을 잃은 채 물살을 헤치며 강으로 파고드는 한 남자를 본다. 이리저리 흰 머리카락을 휘날리며 질주하는 것이 꼭 정신 나간 사람인 것만 같다. 그의 이름은 아무도 모른다. 생김새와 행동하는 모양새를 두고 백발의 미치광이, 즉 백수광부(白首狂夫)라 불렀을 뿐이다.

　미쳐 날뛰는 백발의 남자를 만류하는 이가 있었으니, 역시 이름이 밝혀진 바 없어 그저 백수광부의 처라 불리는 여인이다. 그의 아내가 뒤따르며 애타게 남편을 부르지만 힘으로 막지 못했고 그는 익사하고 만다. 남편을 잃은 아내는 슬픔을 다스리기 위해 그 자리에서 공후라는 악기를 들고 노래를 불렀다. 공후는 고려시대까지 전해진, 하프를 닮은 악기다. 백수광부의 처는 공후를 뜯으며 곡조를 만들어 불렀다. 그런 다음 임을 잃은 슬픔으로 삶을 부정하면서 강물에 뛰어들어 최후를 맞이한다.

　차례로 이어진 어느 부부의 죽음을 두 눈으로 똑똑히 지켜본 곽리자고는 일을 마친 후 집에 돌아와 아내 여옥에게 백수광부 부부의 충격적인 이야기를 들려주었다. 백수광부의 처가 들려주었던 노래도 함께 전했다. 이에 여옥은 눈물을 흘리며 부부의 슬픔에 공감한다. 옆집에 사는 여용에게 노래를 일러준다. 확산의 시작이다. 곽리자고에서 여옥으로, 여옥에서 여용으로 전해진 노래는 눈물샘을 자극하면서 곧 마을 전체에 자연스럽게 퍼졌다.

공무도하(公無渡河, 임이여, 그 물을 건너지 마오)

공경도하(公竟渡河, 임은 기어코 물속으로 들어가셨네)

타하이사(墮河而死, 물에 빠져 돌아가시니)

당내공하(當奈公何, 아아, 저 임을 언제 다시 만날꼬)

― 곽리자고 '공무도하가' 중에서.

  현존하는 가장 오래된 개인 서정시, '공무도하가'(혹은 '공후인'이라 불린다)의 원형이다. 전문용어로 말하자면 '4언 4구체'의 노래다. 노래의 구조가 짧고 단순해 세월이 흐르고 왕조가 바뀌어도 이어질 만큼 익히기 쉽다. 노래의 내용 또한 오늘의 로맨스와 견주어도 모자랄 것이 없다. 가사의 의미를 풀어보면 죽음을 향하는 이 앞에서 연인이 애원하고, 불안해하고, 비애를 느끼고, 탄식하는 내용이다.

  '공무도하가'는 백수광부가 강물에 뛰어든 이유까지 설명하지는 않는다. 그래서 더 상상력을 자극하고 학계의 다양한 해석을 불러일으킨다. 가장 유력한 설은 백수광부의 직업을 무당이라고 보는 시각이다. 선사 이후 역사의 시작인 고조선은 새로운 정치적 지도자인 왕이 처음 등장하는 시기다. 그 이전까지는 무당이 신과 교감하는 절대 권력자였다. 신화적 질서가 파괴되고 주술의 영향력이 흔들리자 무당은 파멸하고 말았다. 시대의 변화에 따라 권력

을 잃고 존재의 이유마저 사라진 백수광부가 결국 최후를 맞이한 것이다.

한편 '공무도하가'는 정치가 아니라 유흥의 관점으로 해석되기도 한다. 호리병을 두르고 있었던 백수광부를 술의 신, 노래를 부른 그의 아내를 음악의 신으로 본다. 술이 없으면 음악 또한 존재할 이유가 없다. 그렇기 때문에 술의 신이 세상과 작별하자 음악의 신 또한 소멸을 택했다는 것이다.

두 가지 견해를 종합하자면 결국 '공무도하가'는 신화시대의 종말을 고하는 노래다. 한편으로 역사와 국가의 개막을 알리는 노래이기도 하다. 한때 노래는 사회통합에 필요한 수단이었지만, 그럴 필요가 없어진 것이다. 부족 단위의 집단성이 해체되고, 부족을 다스리는 정치와 종교 역할을 하던 주술의 힘이 사라지면서 등장한 노래이기 때문이다.

돌이켜보면 무당처럼 역사가 시작되면서 가치를 잃은 특정 권력자들은 노래의 본질적인 가치를 최초로 전한 사람들이다. 그들은 자신의 죽음을 소재로 노래하면서 인간의 절박한 감정을 표현하기 시작했다. 예술에 다가간 것이다.

Leetzsche

고전을 발견한 아이돌

　수험생이라면 교과서에서 '공무도하가'를 익힐 것이다. 수업 내용에 따르면 '공무도하가'에서 두 번 언급되는 '임(公)'이 시적 대상에서 체념의 대상으로 변화한다. 세 번 나오는 '물(河)'은 사랑에서, 이별, 죽음으로 의미가 변화된다. 더 나아가 '공무도하가'에서 다루는 이별의 정한은 고려가요 '가시리'에서 황진이의 시조로, 훗날 김소월의 '진달래꽃'으로 이어진다. 이 노래가 한국문학의 승계라는 점에서 매우 중요한 노래라고 배웠을 것이다. 그런데 '공무도하가'를 새로운 예술로 다시 바라보게 만든 인물이 있다. 1995년 '공무도하가'를 현대음악으로 해석한 이상은이다.

　1988년 이상은은 '담다디'로 강변가요제 대상을 수상한다. 화려한 데뷔 이후 그녀는 인기를 누리며 오늘날의 아이돌처럼 활발하게 활동한다. 하지만 무리한 일정으로 쇼 비즈니스 세계에 환멸을 느낀다. 그 시절을 그녀는 씁쓸하게 회상한다. "〈전국노래자랑〉 출연자들처럼 '날 좀 봐주세요' 하고 애원하던 시절을 지나 본격적으로 연예계에 발을 들이자 '서커스의 곰'이 된 것만 같았다."

　이상은은 전문 작곡가가 만든 '담다디'처럼 쇼에 치중한 노래 대신 발라드에 집중하는 것으로 돌파구를 찾으려 했다. 그래도 공허함이 가시지 않았다. 국내 음악시장에 대한 불만이 커지고, 발전적인 욕구와 씨름했다. 결국 그녀는 유명세를 포기하고 곧 미국으로 떠난다.

미국을 비롯한 세계를 경험하면서 안목을 키우던 이상은은 어느 순간 일본에 머물고, 거기서 이상적인 동료를 만났다. 프로듀서 다케다 하지무다. 그는 이미 다섯 장의 앨범을 발표한 이상은을 뮤지션으로서 존중하면서, 판매량 따위는 생각하지도 말고 앨범의 완성도에 집중하라고 그녀를 독려했다. 그렇게 공들인 6집 〈공무도하가〉(1995)는 5억원, 그리고 2년을 투자한 앨범이다. 전 스태프가 일본인이었는데도 거꾸로 가장 한국적인 소리를 내는 작품, 일본에서 먼저 발매된 후 한국으로 역수입된 기이한 운명의 작품이기도 하다.

〈공무도하가〉는 한국과 미국과 일본을 오가며 그녀가 늘 고민한 정체성이 집약된 작품이다. 한국은 그녀에게 있어 벗어나려 하지만 벗어날 수 없는 환경이었고, 그녀가 뮤지션으로서 끊임없이 성찰하게끔 만들어주었다. 그러던 중 이상은은 '공무도하가'의 스토리를 접하게 되고 원전의 가치를 재발견한다. 고조선 시대의 시가는 오늘날의 드라마와 다르지 않았다. 또한 사랑과 슬픔을 주제로 한 유행가의 감수성과도 다르지 않았다.

앨범 속의 이상은은 현대음악과 국악 사이를 끊임없이 줄타기한다. 앨범의 대표곡 '공무도하가'에는 백수광부의 처가 다루던 악기, 공후가 나오지 않는다. 그렇다고 공후를 대체할 만한 고전 악기가 나오는 것도 아니다. 피리와 피아노와 기타를 동원하지만, 우리가 아는 현대악기가 맞나 싶을 만큼 현대적인 느낌이 없다. 무한한 상상으로 머나먼 과거, 그 옛날의 말없는 자연을 섬세하게 묘사할 뿐이다. 악기들은 선율과 리듬만 나타내는 것이 아니다. 때로는 숨을 죽이고, 때로는 폭발할 듯 터뜨리면서 노래에 담긴 드라마와 함께 움직인다.

이상은의 익숙한 목소리도 음악에 기여한 바가 크다. 발상의 전환처럼 느껴지기도 하는데, 대중가수 이상은은 소리꾼처럼 굳이 구성지게 꺾고 비틀지 않는다. 그저 담백하게 노래하는 데도 민요 느낌이 난다. 수수하게 노래하다가도 절정 앞에서 폭발하는 그녀의 목소리는 삶과 죽음, 그리고 임을 잃은 비통한 화자의 심경을 고루 전달하고 있다.

고전과 전통은 진정한 가치를 파악하기까지 노력과 연구가 필요한 분야다. 그러나 이상은의 '공무도하가'는 의식화에 목을 매지도 않고 힘들게 강요하지도 않는다. 개인의 음악적 자질을 바탕으로, 우연한 경험과 깊은 성찰을 거쳐, 물 흐르듯 완성한 가장 한국적인 예술이다. 그 참신한 접근으로 우리는 자연스럽게 고대의 로맨스에 귀를 기울인다. 그리고 함께 아파하고 감동하고 만다. 위대하고 소중한 실험이다.

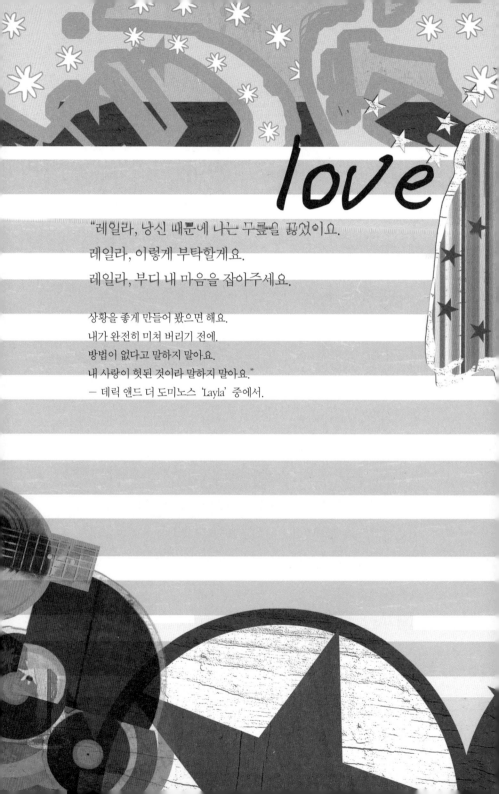

love

"레일라, 당신 때문에 나는 무릎을 꿇었어요.
레일라, 이렇게 부탁할게요.
레일라, 부디 내 마음을 잡아주세요.

상황을 좋게 만들어 봤으면 해요.
내가 완전히 미쳐 버리기 전에.
방법이 없다고 말하지 말아요.
내 사랑이 헛된 것이라 말하지 말아요."
— 데릭 앤드 더 도미노스 'Layla' 중에서.

미친 사랑이
남긴
순정의 노래

데릭 앤드 더 도미노스 'Layla' (1971)

사랑에 미친 남자, 카이스

소년은 소녀를 사랑했다. 소년의 이름은 카이스, 소녀의 이름은 레일라였다. 학교에서 소녀를 발견한 어느 날부터 소년은 집착에 사로잡힌다. 그리고 매일매일 레일라를 주시하기 시작한다. 요란하고 집요하게 레일라를 따라다닌 소년은 어느 순간부터 카이스라는 이름 대신, 마즈눈이라는 별명으로 불리게 됐다. 마즈눈은 '미친 남자'라는 뜻이다.

사랑에 넋이 나간 마즈눈은 레일라의 아버지를 찾아가 결혼을 호소했다. 하지만 레일라의 아버지는 딸과 미친 남자의 결혼을 허락할 수 없었다. 그리고 단호한 결정을 내린다. 사랑에 빠져 이성을 잃은 마즈눈이 아예 꿈도 꾸지 못하도록 레일라를 다른 남자에게 보낸 것이다.

사랑하는 여자의 결혼을 지켜보면서, 마즈눈은 분노와 절망을 이기지 못해 먼 길을 떠난다. 가족조차도 정신이 나간 아들을 붙잡지 못했다. 그 어떤 만류와 설득도 소용이 없었다. 어떤 방법을 동원해도 통하지 않았다. 가족들은 아들을 걱정하며 음식을 보냈지만 어느 순간부터는 기다리는 일도, 찾아 나서는 일도 포기해야만 했다. 아들의 행방이 묘연해져 돕는 일마저도 불가능해진 것이다. 진정 미쳐버린 마즈눈을 아무도 통제할 수 없었다.

고립을 택한 마즈눈은 사막으로 갔다. 걷다 지치면 그대로 주저앉아 막대기로 모래에 레일라의 이름을 쓰고, 사랑의 슬픔을 이야기하는 수많은 시를 썼다. 바람에 쓸려 사라지는 시도 부지기수였다. 하지만 영원히 남겨지는 시도 있었다. 마즈눈은 돌과 벽을 보면 칼로 자신의 마음을 새겨두었다. 사랑에 미친 남자는 그렇게 시인이 되었다.

정처 없이 사막을 가로지르던 마즈눈은 어느 순간 평생을 사랑한 여인을 만난다. 그러나 더는 살아 있는 레일라가 아니었다. 완전히 다른 삶을 살다가 이제는 묘비로만 남은 레일라였다. 떠나버린 그녀의 무덤 앞에서 눈물을 흘리며 그는 근처의 어느 벽에 시를 썼다.

"나는 수많은 벽을 스쳐갑니다.

그 모든 벽들은 레일라, 당신입니다.

그 모든 벽을 당신이라고 믿으며

그 모든 벽에 키스합니다."

카이스라는 본명을 잃고 마즈눈으로 살아가는 남자의 절절한 사랑 이야기는 〈레일라와 마즈눈〉이라는 제목으로 6세기부터 전해지는 페르시아의 민담이다. 12세기 페르시아의 문학가 니자미 간자비(1141-1209)가 여러 민담들을 수집해 책으로 남겼는데, 이 가운데 가장 질긴 생명력을 가진 이야기이기도 하다.

등장인물의 이름은 그대로 유지된 채 조금 다른 방향으로 파생된 이야기들도 있다. 일례로 사랑에 미쳐버린 마즈눈이 식음을 전폐한 후 온몸이 말라 나무가 되었다는 버전도 있다. 나무 에피소드뿐이 아니다. 페르시아 제국이 멸망한 뒤에도 아랍권을 축으로 터키, 인도 등 주변국으로 퍼져나가면서 변형된 이야기는 총 3,800여 가지에 이른다. 페르시아를 둘러싼 여러 지역에서 카이스의 이야기는 실패해버린 첫사랑의 비극을 다루는 수많은 로맨스의 원형이 되었다.

그리고 시간이 오래 흘러 미친 남자 마즈눈에게 자신을 발견한 미국 남자가 있었다. 기타리스트 에릭 클랩튼이다. 그도 똑같이

Derek and the Dominos

절규하듯 레일라를 부른다. 시대가 다르고 처한 상황이 달라도, 레일라는 사랑을 이룰 수 없는 여성의 상징이었다. 에릭 클랩튼은 아라비아의 마즈눈이 상처와 절망으로 울부짖는 자신을 대변하고 있다고 믿었다.

사랑에 미친 남자, 에릭 클랩튼

에릭 클랩튼은 1960년대부터 여러 밴드 생활을 거치며 다양한 인맥을 쌓는다. 비틀스와도 가까워졌는데, 특히 조지 해리슨과 각별한 사이가 된다. 그는 조지 해리슨의 제안으로 비틀스의 노래 'While My Guitar Gently Weeps'에 기타 연주로 참여했다. 이어 조지 해리슨은 답가로 에릭 클랩튼이 당시 활동하던 밴드 크림이 발표한 노래 'Badge'를 공동 작곡하고 연주하면서 우정을 이어나간다. 우수한 기량의 두 뮤지션은 그렇게 이따금씩 콤비를 이루며 좋은 관계를 맺고 있었다.

절친한 친구이자 음악적 동지로 조지 해리슨의 집을 수시로 드나들던 에릭 클랩튼은 어느 순간 자신도 믿을 수 없는 위험한 감정에 휩싸인다. 조지 해리슨의 아내 패티 보이드를 사랑하게 된 것이다. 모델과 배우로 활동했을 만큼 아름다운 아내를 남편은 방기하고 있었다. 조지 해리슨이 새로운 관심사를 찾으면서다. 조지 해리슨은 우연한 계기로 인도를 여행한 후 동양사상에 매료되어 힌두교로 개종하고 자신이 새롭게 발견한 세계를 비틀스의 음악에 적극적으로 싣기 시작한다. 패티 보이드는 남편이 인도철학에 빠져 가정을 외면하는 것도 속 터지는데, 설상가상으로 그가 비틀스 드러머 링고 스타의 아내 모린 콕스와 한 방에 있는 걸 발견하고 만다.

누구보다도 부부와 가까운 에릭 클랩튼은 패티 보이드의 울화를 이해하는 유일한 남자였다. 그런데 위로를 명분으로 패티 보이드와 자주 만나다가 어느 순간 그는 통제할 수 없는 감정에 사로잡힌다. 친구의 아내를 진심으로 사랑하게 된 것이다. 열병에 시달리던 에릭 클랩튼은 용기를 내 그녀에게 고백한다. 하지만 패티 보이드는 그 마음을 알면서도 다른 생각을 하고 있었다. 에릭 클랩튼의 순정을 이용해 남편의 질투를 이끌어내려 했던 것이다.

하지만 조지 해리슨은 이미 속된 만사에 흥미를 잃은 상태였다. 동양 사상에 심취해 모든 것을 초월한 그는 친구 에릭 클랩튼의 속병에도, 아내 패티 보이드의 속 보이는 작전에도 반응이 없었다. 아내에 대한 애정은 이미 식은 지 오래였다. 부부 사이에 끼어든 에릭 클랩튼을 괘씸하게 여기지도 않았다. 그만큼 무심했고, 그렇다고 부부 관계를 깔끔하게 정리할 만큼 부지런하지도 않았다.

친구의 아내를 향한 에릭 클랩튼의 오랜 열정과 집착은 한참 시간이 흘러서야 꽃을 피운다. 1979년, 마침내 패티 보이드는 그의 진심에 무릎을 꿇었다. 세속적인 관점으로는 이해하기 어렵지만 조지 해리슨은 결혼식장에 찾아와 둘의 사랑을 쿨하게 축복했다. 그렇게 모든 일이 순조롭게 흘러가고 있었다. 사랑을 얻은 에릭 클랩튼은 그녀와 행복한 시간을 보냈다. 발코니에 선 그녀의 아름다운 모습을 보고 영감을 얻어 노래를 만들기도 했다. 그 곡이 바로 'Wonderful Tonight'(1977)이다.

그토록 어렵게 이룬 사랑이지만 행복은 오래 가지 못했다. 그저 바라보는 것과 함께 사는 것은 다르기 때문일까. 몇 년이 지나 에릭 클랩튼은 새로운 여자와 함께 아이를 얻는다. 1989년 에릭 클랩튼과 패티 보이드는 이혼서류에 도장을 찍었다.

미친 사랑이 남긴 노래

야즈버즈, 크림, 블라인드 페이스 등 다양한 밴드에서 활약해온 에릭 클랩튼이 추구한 종목은 블루스다. 길고 깊었던 그의 연주에 가장 큰 호응이 따르던 시기는 1970년대 초반 데릭 앤드 더 도미노스의 기타리스트로 활동하던 때다. 당시를 전후로 그는 사랑에 빠져 허우적댔고, 전의를 상실해 술과 약물에 절어 몇 해를 보냈다.

그는 소심한 순정남이기도 했지만 근본적으로 빼어난 뮤지션이었다. 에릭 클랩튼은 언젠가 들었던 페르시아의 전설을 떠올린 후 기타를 다시 잡았다. 전설 속 마즈눈은 그에게 해묵은 이야기가 아니었다. 자신이 처한 현실과 다름없었다. 레일라 또한 생생하고 소중한 현실의 여자였다.

> 당신의 남자가 당신을 힘들게 할 때
> 나는 당신을 위로해주려 했죠.
> 하지만 바보처럼 난 사랑에 빠졌고
> 당신은 내 세상을 뒤집어 놓았죠.
> — 데릭 앤드 더 도미노스 'Layla' 중에서.

데릭 앤드 더 도미노스의 'Layla'는 7분이 넘는 대곡이다. 노래는 에릭 클랩튼의 친구이자 요절한 기타리스트 듀안 올맨이 화려하게 현을 뜯으면서 시작한다. 그리고 후렴구에서 에릭 클랩튼은 목이 터져라 사랑한 여인의 이름, 레일라를 외친다. 마즈눈의 구구절절한 이야기가 에릭 클랩튼에게 동질감을 안겨주었던 것처럼, 에릭 클랩튼의 작품 또한 수많은 사랑의 희생자들을 위로했다. 실화 기반의 화려한 스캔들과 뜨거운 진심이 엮인 'Layla'는 지금까지도 로큰롤 역사상 가장 유명한 사랑 노래로 통한다.

결국 진정한 승자는 에릭 클랩튼이다. 한때 자신과 동일시했던, 전설 속의 불행하고 미친 남자와 달리 그는 고통에서 벗어났다. 에릭 클랩튼은 사랑을 이룬데다 어렵게 이룬 사랑을 버릴 수 있는 선택권까지 가졌다. 전설 속의 남자는 사랑도 잃고 미치광이로 생을 마감했지만, 에릭 클랩튼은 'Layla' 덕에 예술가의 위엄까지 얻었다. 그토록 치열하게 시작해 절규하던 노래는 뜬금없이 침착하고 아름다운 피아노 솔로로 마무리된다. 이 파격적인 구성은 당대 무한한 지지를 얻은 대중노래인 동시에 지금까지도 차원 높은 음악적 실험으로 평가된다. 전설보다 위대한 현실의 이야기다.

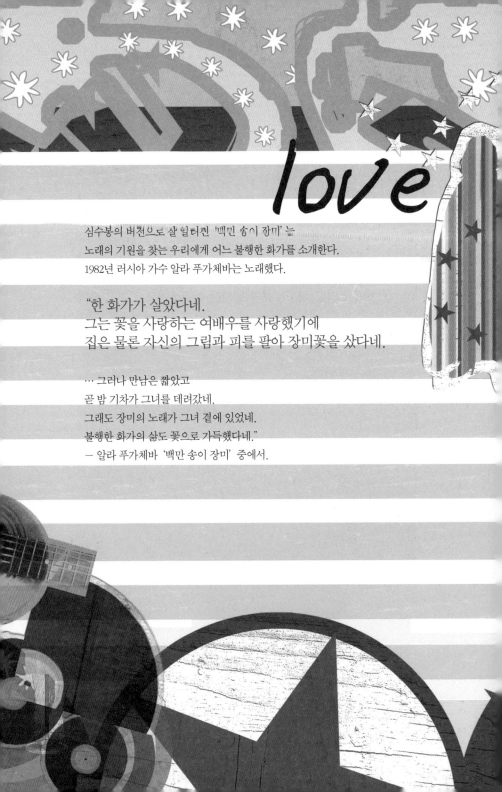

love

심수봉의 버전으로 잘 알려진 '백만 송이 장미'는
노래의 기원을 찾는 우리에게 어느 불행한 화가를 소개한다.
1982년 러시아 가수 알라 푸가체바는 노래했다.

"한 화가가 살았다네.
그는 꽃을 사랑하는 여배우를 사랑했기에
집은 물론 자신의 그림과 피를 팔아 장미꽃을 샀다네.

… 그러나 만남은 짧았고
곧 밤 기차가 그녀를 데려갔네.
그래도 장미의 노래가 그녀 곁에 있었네.
불행한 화가의 삶도 꽃으로 가득했다네."
— 알라 푸가체바 '백만 송이 장미' 중에서.

그녀를 위한
장미에 아낌없이
사랑을 담아

알라 푸가체바 '백만 송이 장미' (1982)

어느 화가의 슬픈 사랑 이야기

심수봉의 히트곡 '백만 송이 장미'의 모델이 된 화가 이름은 니코 피로스마니(Niko Pirosmani, 1862-1918)다. 그의 인생은 노래보다 더 비참했다.

피로스마니는 그루지야 수도 트빌리시의 어느 작은 마을에서 태어났다. 일찍 부모를 여의고 열두 살에 양부모와 함께 생활하게 되지만 삶은 나아지지 않았다. 결국 그는 열두 살에 집을 나와 스스로 생계를 해결한다. 수입의 원천은 간판과 바람막이용 창문 제작이었다. 작업이 끝나면 페인트로 색을 칠하고 그림도 그렸다. 제대로 미술 교육을 받지 못했지만 남다른 관찰력과 표현력을 타고난 그는 어느 순간부터 생산활동이 아닌 작품활동을 하고 있었다. 덕분에 그를 찾는 사람이 조금씩 늘기 시작했다.

하지만 달라지는 건 없었다. 종일 붓을 놓지 않고 일해도 입에 풀칠하기가 어려웠다. 밤이면 트빌리시 기차역의 하역부를 겸해야만 했다. 고된 노동이 끝나면 동료들과 함께 주점에 찾아가 술잔을 비우며 일당을 쏟아버리는 것이 그의 유일한 낙이었다.

여느 때처럼 술잔을 기울이며 하루의 피로를 달래고 있을 때, 피로스마니는 낯선 여성을 본다. 트빌리시에 공연 차 찾아온 어느 유랑극단의 여배우 마르가리타였다. 피로스마니는 그녀를 보는 즉시 사랑에 빠진다. 그리고 수소문 끝에 그녀가 장미꽃을 좋아한다는 것을 알게 된다.

피로스마니는 소심한 남자였던 것이 분명하다. 사랑한다는 말도 못했다. 미래를 함께 하자는 약속도 못했다. 정신 나간 사람처럼 장미만 구하고 다녔다. 그는 일을 가리지 않았다. 더 미친 듯이 일했다. 짬이 날 때마다 그리던 자신의 습작을 죄다 팔았다. 마침내 집까지 팔아버렸다. 전 재산을 탈탈 털어 피로스마니는 어마어마한 장미꽃을 산다. 그리고 마르가리타가 묵고 있는 숙소와 골목 구석구석을 장미꽃으로 물들였다.

그러나 유랑극단원은 늘 떠돌아야 하는 운명이다. 아름다운 마르가리타는 어느 순간 마을을 떠났다. 동네의 부호에게 이끌려 극단을 떠났다는 소문까지 돌았다. 피로스마니는 아무것도 할 수 없었다. 그의 사랑은 거절당했고, 그가 준비한 백만 송이 장미는 시들어가고 있었다.

피로스마니는 다시 기차역 노동자로 돌아가야 했다. 시간이 흘러 상처가 아물 때쯤 빛이 찾아오기는 했지만 너무 늦었다. 1910년대에 그의 작품은 신문에 소개된다. 작품에 대한 리뷰 가운데 더러는 그의 모자란 교육 수준을 들먹이는 오만한 평가가 있었다. 그는 혹평에 결국 붓을 꺾어버린다. 그림과 연을 끊은 후 피로스마니는 비참한 말년을 맞았다. 1918년 지역 공동묘지에 묻혔다 전해지지만 아직까지 그의 무덤이 어디인지는 밝혀지지 않고 있다.

하지만 그의 그림은 사라지지 않았다. 그루지야를 찾아온 어느 외국인 여행객이 피로스마니 그림의 예술적 가치를 발견하면서다. 정식 교육을 받지 않아 더 단순하고 명확했던 그의 붓놀림은 뒤늦게 재평가됐다. 각종 간판과 가정용품에 이르기까지 약 3천 점으로 추정되는 그의 작품은 현재 3백여 점 가량이 그루지야와 러시아 일대의 미술관과 박물관에 보존되어 있다. 그루지야 민중의 삶을 가감 없이 표현한 피로스마니의 공로는 뒤늦게 인정받았다. 오늘날에는 현지 화폐에서 그의 얼굴을 만날 수 있다.

Niko Pirosmani

분쟁을 뛰어넘는 노래

그루지야 화가 피로스마니의 비극적인 삶은 노래가 되었다. 그의 생애를 노래한 '백만 송이 장미'는 그루지야를 비롯한 러시아 일대에서 크게 히트한 작품이다. 노래를 부른 가장 유명한 가수는 알라 푸가체바로, 러시아의 얼굴과 같은 슈퍼스타다. 가수로 활동하면서 각종 음원을 2억여 장이나 팔아치운 괴력의 인물이다.

노래의 기원은 그루지야도 러시아도 아닌 라트비아다. 노래를 작곡한 라이몬즈 파울스(Raimonds Pauls), 작사한 레온스 브리에디스(Leons Briedis)가 모두 라트비아 출생이다. 원래 라트비아 현지에서 발표했지만 러시아 가수가 나중에 다시 불러 인기를 얻으면서 주객이 전도된 것이다. 대다수의 라트비아인은 '백만 송이 장미'가 러시아 노래로 알려진 사실을 부당하게 여길 정도다.

당시 제목은 '마라가 준 인생(Dāvāja Mārina)'이었다. 라트비아 건국 신화 속 어머니 마라가 딸에게 행복을 선물로 줬으나 그걸 제대로 누리지 못하는 딸의 아픔을 가사에 담았다고 한다. 국가 운명과 무관하지 않은 스토리다. 라트비아는 10세기부터 약 600년간 게르만의 침략을 받았고, 이후 스웨덴과 폴란드에 귀속되면서 반으로 쪼개진 나라다. 18세기에는 러시아의 그늘에서 벗어나지 못하다가 1991년에 이르러 독립을 맞았다. 어머니가 딸에게 준 행복이라는 선물을 1,000년이 지나서야 되찾은 셈이다.

무거운 노래는 절절한 사랑 노래로 바뀌었다. 노래의 주인공 피로스마니가 태어난 그루지야에서도 오래 애창됐다. 하지만 어느 순간 금지곡이 되기도 했다. 2008년 그루지야가 러시아에게 전쟁에서 대패하면서부터다. 그루지야는 소련의 통치를 겪으며 남북으로 분리된 나라다. 최근까지도 잡음이 끊이지 않아 몇 해 전 분리 독립을 꾀하는 친러시아 성향의 남 오세티아를 그루지야기 침공하면서 전쟁이 발발했다. 러시아에 감정이 좋지 않은 그루지야는 전쟁 이후 러시아를 환기하는 '백만 송이 장미'를 부르는 이에게 약 40만 원 상당의 벌금을 부과하는 정책을 펼쳤다.

전쟁은 다수를 불행하게 한다. 노래 한 곡조차 마음껏 즐기지 못하게 만든다. 러시아는 물론 주변국에서도 광범위하게 사랑받은 가수 알라 푸가체바 또한 우려의 목소리를 보냈다. 전쟁을 지켜보면서 그녀는 "어떤 정치도 국민과 예술가 사이의 우정을 끊게 만들 수는 없다"고 말했다.

알라 푸가체바는 2009년 은퇴를 선언했다. 하지만 여전히 노래는 세상 구석구석 울려 퍼지고 있다. 러시아 주변국을 여행하는 이들이라면 거리의 악사를 만날 때 언제든 '백만 송이 장미'를 요청할 수 있다. 라트비아에서 거리의 악사를 만난다면 노래의 기원을 들을지 모른다. 러시아에서는 알라 푸가체바가 얼마나 대단한 가수였는지를 실감하게 될 것이다. 그리고 그루지야의 연주자를 만난다면 불행했으나 위대한 화가의 인생을 듣게 될지 모른다.

노래가 여기저기 퍼져나가면서 노래 속 화가의 비극도 회자됐다. 이야기란 언제나 출처 없는 소문과 함께 과장되거나 축소된 형태로 전파되기 마련이다. 일례로 피로스마니가 사랑한 여인 마르가리타의 직업에 관한 설을 들 수 있다. 그녀의 직업을 러시아에서 찾아온 유랑극단의 배우로 보는가 하면, 레스토랑이 고용한 가수부터 프랑스 출신의 댄서에 이르기까지 분분하다.

묘령의 여인 마르가리타를 위한 피로스마니의 장미가 과연 백만 송이였을까를 지적하는 이들도 있다. 백만 송이 장미를 하룻밤 사이에 마련하고 전시하는 일이 산술적으로 불가능하기 때문이다. 장미 한 송이를 1천 원으로 계산하면 백 송이는 10만 원, 그걸 백만 송이로 계산하면 10억 원이다. 무게를 계산하면 개당 0.2kg으로 가늠해도 총량은 200,000kg이다.

그러나 인과관계를 집요하게 따지거나 과학적 사고를 동원하더라도, 노래의 낭만은 사라지지 않는다. 심수봉이 노래했듯 '백만 송이 장미'란 미워하는 마음 없이, 아낌없이 사랑을 주기만 할 때 피어나 우리를 별로 데려가는 마법의 꽃이다. 러시아와 그루지야의 해석에 따르면 세상이 외면한 불행한 화가를 불러내는 서글픈 주문이기도 하다. 가난한 화가가 자신의 모든 것을 다 털어 마련한, 그렇게 자신을 바쳐 마련한 궁극의 선물이다.

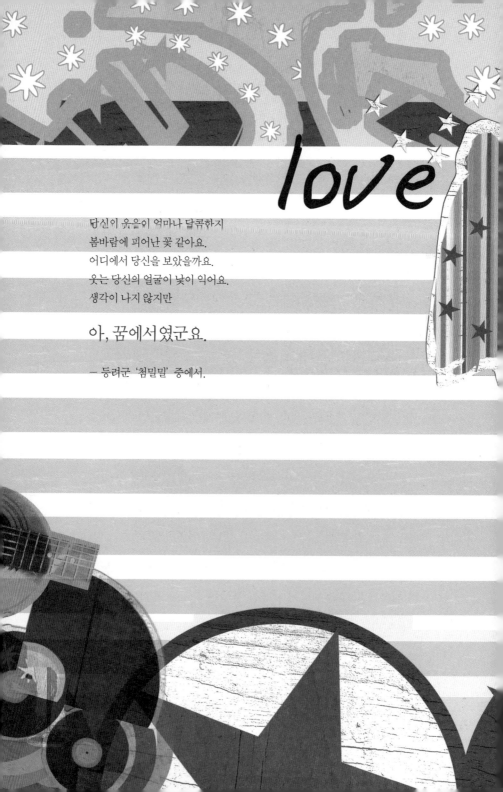

love

당신의 웃음이 얼마나 달콤한지
봄바람에 피어난 꽃 같아요.
어디에서 당신을 보았을까요.
웃는 당신의 얼굴이 낯이 익어요.
생각이 나지 않지만

아, 꿈에서였군요.

— 등려군 '첨밀밀' 중에서.

고향을 떠올리게 하는 사랑 노래

등려군 '첨밀밀(甜蜜蜜)' (1979)

꿀처럼 달콤한 비밀의 노래

"중국의 낮은 늙은 덩씨가 지배하고, 중국의 밤은 젊은 덩씨가 지배한다." 1980년대 초 중국이 개방화 정책을 추진하던 때, 사람들 사이에서 돌던 유명한 말이다. 늙은 덩씨는 덩샤오핑, 즉 등소평(1904-1997)이다. 젊은 덩씨는 덩리쥔, 즉 등려군(1953-1995)이다.

사실 등려군은 대만 출신이다. 하지만 범중화권의 슈퍼스타로 통한다. 중국, 홍콩과 대만뿐 아니라 1970년대 말레이시아, 싱가포르 등 화교 인구가 많은 주변국에서도 엄청난 인기를 얻었다. 게다가 대표곡 '첨밀밀'은 인도네시아 민요에 대만어를 입힌 곡이기에 더 넓은 세계를 끌어안을 수 있었다. 중국 일대와 동남아시아에서 얻은 인기를 기반으로 그녀는 일본에 진출했다. 등려군의 목소리는 곱고 맑아 누구에게나 친근했고, 노래의 성향은 트로트 혹은 엔카(演歌, 메이지 시대 이후 유행하기 시작한 일본 가요)에 가까웠다. 아시아 전역에서 무한한 사랑을 받았던 그녀가 1995년 세상을 떴을 때, 대만에서는 국상급 상례식이 치러졌다.

여러 아시아 가운데에서도 등려군이 가장 사랑받았던 지역은 한때 밤에만 그녀의 노래를 비밀스럽게 접해야 했던 중국이다. 중국은 문화대혁명(1966–1976) 시기에 외국어만 공부해도 반동분자로 낙인찍혔다. 공식적으로 들을 수 있는 음악이라고는 군가나 사상가 등 선동을 위한 노래였을 뿐, 가까운 대만의 음악조차 금지되었다. 국가정책상 출신도 문제였고 성향까지 문제였던 등려군은 중국 본토에서 공식적으로 1983년까지(실제로는 1987년까지) 입에 올릴 수 없는 이름이었다. 그렇게 등려군은 개방 이전의 당국에서 타락한 자본주의 문화로 인식되었다. 하지만 그 어떤 강경책도 불법 유통되어 불티나게 나가는 그녀 노래의 복사본마저 통제할 수는 없었다.

등려군은 화사한 노래를 즐겨 불렀다. 대표곡 '첨밀밀'은 '꿈에서 만난 당신'을 묘사하는 곡이다. 그리고 '첨밀밀'은 꿀처럼 달콤하다는 의미를 가진 형용사다. 꿀처럼 달콤한 등려군의 사랑 노래는 암암리에 방대하게 퍼져 나갔다. 노래를 들으며 많은 이들이 시름을 잊었고 위로를 얻었다. 또한 저마다 가슴에 품은 사랑의 추억을 떠올렸다. 노래와는 완전히 다른, 냉정한 현실을 되새기며 상념에 젖기도 했다. 그렇게 등려군은 숱한 대륙의 사람들에게 비밀스러운 추억을 선사해준 가수다.

외로운 이방인이면 누구나 등려군을 들었다

등려군의 노래를 듣고 성장한 중국인 가운데에는 이요(장만옥)과 소군(여명)도 있었다. 둘은 홍콩의 영화감독 진가신이 영화 〈첨밀밀〉(1996)에서 창조한 캐릭터다. 이요와 소군의 삶을 다룬 영화 속에서 등려군은 친구와 같다. 이요와 소군이 동질감을 얻고 사랑을 확인한 순간, 반대로 둘의 사랑이 어긋난 순간, 그리고 먼 길을 돌아 마침내 재회한 순간마다 등려군이 찾아왔다.

영화의 배경은 1987년이다. 등려군의 노래가 중국에서 합법화되고, 개방화 정책이 꽃을 피우던 시기다. 그 시절 아메리칸 드림처럼 많은 대륙인들이 꿈과 돈을 찾아 홍콩으로 갔다. 이요와 소군도 마찬가지다. 둘 다 성공을 꿈꾸며 홍콩에 왔지만, 꿈꾸는 성공의 스케일이 완전히 다르다. 무석 출신의 소박한 청년 소군은 홍콩에서 결혼자금을 마련해 고향으로 돌아가 약혼녀 소정과 혼

Teresa Teng

인할 예정이다. 광주에서 온 야망의 여인 이요는 세련된 홍콩사람으로 자신을 세탁한 후 고향에 큰 집을 짓고 보란 듯이 살고 싶다.

언어 문제조차 해결되지 않은 소군은 음식점에 취직해 우직하게 생닭을 배달한다. 반면 이요는 재빠르게 광둥어는 물론 영어까지 익혀 맥도널드 아르바이트부터 영어학원 청소에 이르기까지 종목을 가리지 않으며 닥치는 대로 돈을 모은다. 때때로 소군처럼 순박한 대륙인을 이용하면서 돈을 벌고, 추세 이해도 빨라 주식과 외환에도 관심이 많다. 그녀는 더 부지런하고 더 영리하게 돈을 불리는 방법을 모색하는 캐릭터다.

이렇게 꿈꾸는 미래는 달라도 둘의 근본은 같다. 시골 무석 출신의 소군과 달리 이요는 자신의 고향 광주가 홍콩처럼 번화한 지역이라고 주장하지만, 그래봐야 둘 다 고향을 떠나온 대륙인이다. 세련된 홍콩에 적응하면서 살아간다 해도, 명절이면 고향이 생각나 서로 말고는 기댈 친구가 없는 외로운 존재들인 것이다.

사업수완이 좋은 이요는 구정 전야 야시장에 좌판을 벌이고, 대륙인의 향수를 자극하는 음반을 판다. 품목은 국민가수 등려군의 노래집이다. 작년 광주에서 똑같은 사업으로 쏠쏠하게 이득을 챙긴 이요는 확신에 가득 차 있다. "홍콩에 사는 대륙인이 20%라고 하지. 하지만 거짓말이야. 숨기고 사는 사람이 얼마나 많겠어?" 하지만 예년과 다르게 벌이가 시원찮다. 장사를 돕던 소군은 무기력한 시장분석을 내놓는다. "등려군의 노래를 들으면 대륙 출신 이라는 게 드러나서 일부러 안 듣는다고 하던데."

28달러에 내놨던 음반은 25달러가 되고, 12달러가 되고, 결국 이요는 8달러라는 헐값에 음반을 처분할 수밖에 없다. 겨우 본전 을 건지나 했는데, 며칠 후 이요는 통장 잔액을 확인하고는 좌절 한다. 투자한 외환이 휴지조각이 되어버렸기 때문이다. 당장 생 활부터 빠듯해지자, 더는 선택권이 없던 이요는 안마시술소의 문 을 두드린다. 그런 그녀의 암담한 생활을 위로해주는 친구는 촌스 러운 소군뿐이다.

진심이 깃든 소군의 위로는 자연스럽게 사랑으로 발전된다. 외 롭다는 이유로 두 사람은 때때로 밤을 나누기도 했지만, 그 사랑 이 완성될 수 없었다. 소군에게는 결혼을 약속한 고향의 애인이 있고 소군의 불투명한 미래는 이요의 발목을 잡는다. 도덕과 불안 을 이유로 그들은 서로에게 등을 돌린다. 도시 생활은 그들을 현 실적인 어른으로 만들었고, 둘은 이별을 받아들인다.

한참 시간이 흘러 소군은 주방장으로 승격하고 월급도 오르면 서 화려한 결혼을 준비한다. 이요는 안마업소의 고객이었던 어느 조직의 보스와 연애를 하고, 애인의 경제력 덕분에 거물 사업가로 성장해 있다. 소군의 결혼식, 그리고 이요의 새로운 사업 설명회 를 계기로 남녀는 다시 만난다. 반가운 인사를 나누지만 잠시일

뿐 둘은 무슨 말을 해야 할지 몰라 쓸데없는 말만 늘어놓는다. 서로의 눈을 바라볼 용기조차 없어서다. 그 어색하고 불편한 재회는 결국 여태 식지 않은 감정의 확인이다.

마침내 둘은 진심을 털어놓는다. 더는 자신을 속일 수 없다고, 매일 아침에 눈 뜨면 서로가 생각이 나 견딜 수 없다고 토로한다. 하지만 너무 늦어 있었다. 고향을 등지고 온 홍콩은 그들에게 경제적 여건을 마련해주었다. 원하는 것을 모두 이루었지만 그들은 행복할 수 없었다. 그들의 진심이 절박하다 한들 누구도 설득할 수 없었다. 홍콩은 새로운 삶을 주었지만 그들에게는 아직 감당해야 할 각자의 삶이 있었다. 홍콩은 어느 순간 기회와 약속의 땅이 아니라 혼란과 상실의 땅이 되어 있었다.

그리운 고향의 노래, 그리운 사랑의 노래

영화 속에서 등려군은 늘 대륙인의 곁에 있다. 이요와 소군이 막 인연을 맺었을 때부터 그랬다. 두 사람이 함께 자전거를 타고 홍콩의 어지러운 시내를 달릴 때, 문득 찾아온 평온이 그들에게 노래를 들려준다. 본능적으로 흥얼거리는 멜로디가 등려군의 '첨밀밀'이었다.

시간이 흘러서도 등려군은 한자리에 있다. 소군이 요리사로 승격하고 결혼을 준비하면서 바쁘게 움직이는 성공의 시점, 등려군이 갑작스럽게 홍콩을 방문한다. 거리에서 등려군을 발견한 소군은 조금도 망설이지 않고 달려가 그녀에게 사인을 요청한다.

1995년 등려군의 사망을 알려주는 것이 영화의 마지막 장면이다. 뉴욕 차이나타운 거리의 어느 상점에서 TV로 등려군의 뉴스를 전하고 있다. 운명의 장난으로 생사조차 알지 못했던 두 사람은 우연히 같은 곳에서 뉴스를 본다. 그리고 재회의 어색한 미소를 다시 나눈다.

영화의 시작과 끝이 말해주는 것처럼 대륙인에게 등려군은 거부할 수 없는 존재다. 떠올리는 순간 눈물이 날 정도로, 등려군의 노래에는 대륙인의 사랑과 향수, 저마다의 상처와 과거가 고루 담겨 있다. 달콤한 인생, 달콤한 사랑을 묘사하는 등려군의 노래는 한없이 감미롭다. 하지만 많은 대륙인들은 그 달콤한 노래에서 꿈결 같은 환상이 아닌 쓰디 쓴 현실을 본다. 끝내 이루지 못한 꿈과 이루지 못한 사랑을 보는 것이다.